U0754617

万卷·人物

梦回南唐 长恨未央

李煜词传

吴韵汐 著

北方联合出版传媒（集团）股份有限公司
万卷出版公司

ⓒ 吴韵汐　2019

图书在版编目（CIP）数据

梦回南唐，长恨未央：李煜词传 / 吴韵汐著. —沈阳：万卷出版公司，2019.1

（万卷·人物）

ISBN 978-7-5470-5071-2

Ⅰ. ①梦… Ⅱ. ①吴… Ⅲ. ①李煜（937–978）– 传记②李煜（937–978）– 宋词 – 诗歌欣赏 Ⅳ.①K827=432②I207.23

中国版本图书馆CIP数据核字（2018）第237125号

出品人：刘一秀
出版发行：北方联合出版传媒（集团）股份有限公司
　　　　　万卷出版公司
　　　　　（地址：沈阳市和平区十一纬路25号　邮编：110003）
印刷者：辽宁新华印务有限公司
经销者：全国新华书店
幅面尺寸：145mm×210mm
字　　数：246千字
印　　张：8.75
出版时间：2019年1月第1版
印刷时间：2019年1月第1次印刷
责任编辑：朱婷婷
责任校对：高　辉
封面设计：范　娇
版式设计：徐春迎
ISBN 978-7-5470-5071-2
定　　价：39.80元
联系电话：024-23284090
传　　真：024-23284448

常年法律顾问：李　福　版权所有　侵权必究　举报电话：024-23284090
如有印装质量问题，请与印刷厂联系。联系电话：024-31255233

目录

3

序　言

斜阳草树，舞榭歌台，那些曾撼天动地的故事总被雨打风吹去，只留下一捧黄卷，些许辞章，于莽莽红尘中惊艳着岁月，感动着后人。

从小到大，李煜所钟爱的无非是"花满渚，酒满瓯"，唯愿"万顷波中得自由"，奈何"天教心愿与身违"，身为皇帝的第六子，竟阴错阳差地坐上了万人敬仰的至尊之位。他并不知晓怎样做一个好皇帝，只知道怎样做一个好文人，甚至好情郎。

大周后与小周后的才情，给了他源源不断的创作灵感。那些绮丽旖旎的诗词歌赋，承载着无限爱怜。浪花有意千重雪，桃李无言一队春。那些花前月下的往事，在赵匡胤的铁蹄下只能化为无限追忆。

千秋帝王，有哪一位会如他一般只想要"一壶酒、一竿身"呢？当李煜用一杯毒酒鸩杀一代名将林仁肇时，他一定不会想到，终有一天，自己也会在一杯毒酒中结束这如梦浮生。

他爱惜江山，却无心政治。他也曾心怀宏愿，誓要做一名好皇帝，不负天下苍生。然而分久必合的天下大势，又怎能是一个空中楼阁般的心愿所能左右的呢？肉袒出降的那一刻，他只希望城中百姓能免遭涂炭。北上的路，注定凶多吉少，但是他已经没有选择。

作个才人真绝代，可怜薄命作君王。那个金灿灿的帝位，是别人梦寐以求的至宝，却是他避犹不及的生命负累。四十年来家国，三千里地山河，在归为臣虏的那一天，永远地成了李煜心中最痛的回忆。

国家不幸诗家幸，翻阅李煜的辞章，那种痛彻心扉的感觉依然触手可及。在汴梁的春花秋月里，他用诗与酒麻醉自己。流水落花春去也，饮下那杯毒酒时，南唐的繁华历历在目。从此荣辱随风，所有的故事都付与说书人。

多少年过去，十里秦淮依然繁华如斯，那些沿河的灯火辉映着河水的微光，或人声鼎沸，或长夜寂寞，所有尘世的岁月皆沉入河心，在冗长的日落月升中化为泥土，不问古今，无关风月。

第一章

生于帝家：凤阁龙楼连霄汉

重瞳婴孩，降于乞巧

在浩瀚的时光沧海中，南唐宛若一块温润的碧玉，周身透着青青荧荧的光亮，承载了人世间所有的繁华与苍凉。

唐朝末年的藩镇割据，将盛唐时期的辉煌悉数抹去，战火硝烟取代了昔日的太平年景。在藩镇割据的混战之中，吴太祖杨行密所掌控的淮南镇最具实力。但是，其子杨渥即位后不思进取，只知纵情享乐，托孤重臣大将徐温忍无可忍，干脆联合张颢等人将其杀掉，然后立杨渥的弟弟杨隆演为王。为了能独揽大权，徐温又杀掉了张颢，从此将国政大权独揽在手。所谓的君王，也不过是他的牵线木偶。

杨行密在世时曾收养了一名出身卑微、父母早丧的可怜孤儿，姓李，小字彭奴。李彭奴绝顶聪明，这让杨行密的其他儿子颇感危机，于是纷纷排挤李彭奴。无奈之下，杨行密只好将李彭奴交由徐温收养。

从此，李彭奴有了新的名字——徐知诰。

于是南唐的故事从此而起。徐知诰聪明且孝顺，侍奉徐温如同生父。他喜欢读书，又善于骑射，是文武兼修的将才。公元 927 年，徐温与世长辞，养子徐知诰承袭其位，并掌控了朝政大权。杨隆演去世后，徐知诰立杨溥为吴王。公元937年，已经称帝的杨溥让位于徐知诰。徐知诰改国号为"齐"，次年又恢复自己的李姓，并更名为"昪"，改国号为唐，史称"南唐"。

彼时李唐王朝的繁华早已随风，多年前的"贞观之治"也只剩下史书中的点点墨痕。李昪之"李"，究竟与李唐王朝有无关系？据《江南录》所载，南唐旧臣徐铉（徐铉，字鼎臣，扬州广陵人，与名臣韩熙载齐名，才华横溢，十岁能属文，南唐时历任尚书左丞、兵部侍郎、翰林学士、御史大夫、吏部尚书等重要官职，后来跟随李煜一起归降北宋）曾提到李昪是唐宪宗第八子建王李恪的后人，宋太宗毒死李煜后，为他立墓时也曾在墓志铭上提到了李煜乃是陇西李氏之后。陆放翁甚至在《南唐书》中列出了具体到姓名的世系：李恪生李超，李超生李荣，李荣生李昪。

是是非非，真真假假，早已在岁月的洗礼中变得模糊。假作真时真亦假，古人向来看重高贵的血统，如果是为了得到天下人的认可而杜撰一个身份，我想，也是无可厚非的吧。出身不重要，重要的是南唐在中国历史上留下了浓墨重彩的一笔。

李昪深谙治国之道，在军事上休兵罢战，与邻国保持友好；在经济上轻徭薄赋，鼓励商业。在那个重农轻商的年代，这何其难得！南唐的经济得以迅速发展，百姓安居乐业，国家趋于繁盛，正如后来李煜在《破阵子》中所写：凤阁龙楼连霄汉，玉树琼枝作烟萝，几曾识干戈？

李煜出生的那一年，正是爷爷李昪开创南唐的那一年，或许，冥冥之中已经注定了这一生的命数。李煜出生于公元937年8月15日，时值农历七月初七，是民间一年一度的乞巧节。传说这一天是天上的牛郎织女相会的日子，人间的喜鹊会飞到天上去搭桥，也会把喜气都带走。因此民间认为这是个不吉利的日子，《红楼梦》中王熙凤的女儿贾巧姐，也是出生在这样一个不祥的日子。为了能压制不祥，王熙凤特意请刘姥姥帮女儿取了名字，因为古时民俗认为贫苦人取名能压制霉运。刘姥姥为其取名为"巧姐"，希望她能逢凶化吉，一生平安。

不过，那毕竟是曹雪芹笔下的故事，现实中没有刘姥姥那样的贫苦人为李煜取名，为他取名的，是父亲李景通。李煜是李景通的第六个儿子。

当接生婆看到孩子的第一眼便惊讶至极——这个孩子竟是一目重瞳子！

第二天，几乎整座金陵城的人都知道了李景通刚出生的六儿子天生一目重瞳。古人认为，一目重瞳乃是帝王之相，据传，仓颉、虞舜、重耳、项羽、齐桓公、汉武帝等著名人物皆是一目重瞳。因此，当李煜还在襁褓之中的时候，大人们便对他寄予了厚望。

顾名思义，"重瞳"即一只眼睛里有两个瞳仁。从现代医学的角度来看，其实"重瞳"是一种病态，是瞳孔发生了粘连畸变，也叫作对子眼。发生这种现象的概率非常低，现代医学认为这是早期白内障的现象，所幸，重瞳对视力并没有影响。

彼时徐知诰还没有恢复李姓，但是权势如日中天的他已经准备将自己的野心付诸实践。这个天生帝王相的重瞳孙儿，给他带来了莫大的惊喜。既然这个孩子降生于自己家中，或许称帝便是命定的天数，还有什么好犹豫的呢？

于是没过多久，便有了前文所说的李昪与南唐。

父亲李景通为儿子取名"从嘉"，"嘉"象征着美与善，小小的名字里承载了父亲的无限希冀。李从嘉稍长，相貌愈发不同常人，《新五代史·南唐世家·李煜》中记载："煜，……而丰额、骈齿，一目重瞳子。"一目重瞳已然被认为是帝王之相，加之"丰额、骈齿"，更令人觉得不可思议。

不过，这种所谓的帝王之相在李从嘉的生命早期并没有给他带来多少好处，反而招来了很多猜疑与烦恼。

他从未想要去争抢什么，偏偏命运却给了他从未想要的，这种不可抗拒的命运，从一出生便已然注定。没有哪一朵蒲公英能自己选择生根发芽的地方，生在帝王家，便是李煜这一生无可选择的宿命。

三愿如同梁上燕，岁岁长相见

时间一天天过去，李从嘉在宫廷中渐渐长大。昇元七年（943），六岁的李从嘉经历了人生中的第一场生死离别——祖父李昪驾崩。小小的他看着大人们哭得惊天动地，重瞳的眼眸里也流淌出清澈的泪珠。其实他对祖父的印象并不深，记忆中的祖父不是忙于国政就是在炼丹药，很少有时间看一眼这个小孙儿。

据说李昪立储之时还有一段小插曲。三年前一个寻常的午后，李昪梦见一条金色的巨龙飞进了大殿。梦醒后，他坚信这是上天给自己的预兆，于是赶紧派人前往大殿查看。彼时大殿毫无异样，只有长子李景通在那聚精会神地仰望着雕梁画栋。那个画面凝结在李昪心中，也凝结在温软的南唐岁月里。李昪相信这是上天给他的暗示，昇元四年（940）八月，李昪将长子李景通立为太子。

李昪庙号"烈祖"，谥号光文肃武孝高皇帝。就在他驾崩的前一年，与之毗邻的吴越国闹了严重的饥荒，臣子们纷纷力劝李昪趁机出兵攻灭吴越，但是李昪认为国内百姓需要休养生息，何况乘人之危非君子所为，不仅没有发兵吴越，还派了使者带着厚礼前去慰问吴越，这引起了很多臣子的不满。人近暮年，往往越来越畏惧死亡，位高权重者尤甚。李昪晚年迷信道家的炼丹术，本以为可以用"仙丹"延长自己的生命，却没想到因此中毒，年方五十六岁便溘然长逝。

随后李景通即皇帝位，并更名为李璟，改年号为保大，尊奉其母宋氏为皇太后，妃钟氏为皇后，封弟弟寿王李景遂为燕王，后来又改封为齐王、诸道兵马元帅、太尉、中书令，立李景遂为皇太弟，约定兄终弟及。李璟的嫡长子则被封为南昌王、江都尹。如果没有这段立储插曲，或许李从嘉也不会牵扯到皇权之中，他可以一辈子写他喜欢的诗词，与心爱的人静赏庭前花开花落。

看着叔叔被封了皇太弟，作为嫡长子的李弘冀非常不甘。本以为父亲登基，自己可以成为太子，却没想到父亲心中的皇储之位早已属于他人。皇权之争，向来残酷无情，或许从那时起，因恨而生的杀机便已经萌芽于心。

要想争得帝位，便要获得父皇、朝臣乃至天下人的认可。不得不说，李弘冀是一个非常努力的皇子，更是个难得的将相之才。不过，李弘冀为人狠辣，虽有将相之才，却无将相之德。为了能夺得皇位，他曾多次与皇叔李景遂明争暗斗。而李景遂则恰恰相反，他不爱争斗，也不喜皇权，生性淡泊，又颇爱文墨，喜欢写诗填词。见李弘冀这么热衷于皇权，他多次向哥哥李璟请辞，并建议皇兄立嫡长子李弘冀为太子。

但是李璟不同意。李璟与弟弟李景遂一样，喜欢写诗填词，颇有文人气质。文人总喜欢找个知己，能相处得来的，起码也是懂些风月的，如果只知金戈铁马，再勇猛的英雄也往往难入其眼。因此，李璟更希望弟弟能承袭皇位。如果弟弟实在不愿意承袭皇位，他宁愿选择次子李弘茂或者六子李从嘉，也不愿意选择长子李弘冀。

史载李璟有十子三女，其中三子、四子、五子不见记载，应是早殇。次子李弘茂自幼聪慧，并精于骑射，但是在军务上要远逊于哥哥李弘冀。他和父亲一样精通词律，经常与宾客朝士宴游，以赋诗为乐。然而遗憾的是天妒英才，这个才华横溢的皇子因病英年早逝，彼时李从嘉刚刚十五岁。

丧子之痛对于李璟来说是个巨大的打击。李璟贵为天子，却也难以承受这白发人送黑发人的痛楚。他常常念着李弘茂留下的"半窗月在犹煎药，几夜灯闲不照书"之句，在无限回想中泪湿衣衫。恰在此时，六子从嘉的才情引起了他的注意。

彼时李从嘉已经长成了风度翩翩的美少年，不仅饱读诗书，更是精通诗律，加之天生一目重瞳，无论走到哪里都会成为人们关注的焦点。李璟喜爱诗词，早在十五岁时，便写下了"苍苔迷古道，红叶乱朝霞"的绝美诗句。身边的臣子们即便不爱诗律也多附庸风雅，而能与李璟交往密切的，往往是那些深谙诗律文史的臣子，比如冯延巳。

冯延巳曾被烈祖李昪任命为秘书郎，可以说是李昪专门为李璟挑选的重臣。当李璟担任元帅的时候，冯延巳便在元帅府掌书记。李璟登基的第二年，便任命冯延巳为翰林学士承旨。南唐保大四年（946），冯延巳出任宰相。

冯延巳工于填词。广义上来讲，词也是中国古代诗歌的一种。词不像近体诗那样刻板，有着相对灵活自由的形式，那种参差错落之美，是近体诗所不具备的。更重要的是，词有曲谱，填完便可以循着曲谱演唱。当诗句与音乐相结合，便产生了一种曼妙的美感。李璟经常对冯延巳的词作大加赞赏，而少年时期的李从嘉，也颇受其影响。

文学占据了李璟的大部分时光，有时候政治甚至成为文学的陪衬。后世人往往感叹李煜"作个词人真绝代，可怜薄命作君王"，而李璟又何尝不是如此呢？只不过他在位的时候，天下大势分久必合的趋势还没有充分展露，如果他也曾面对赵匡胤的铁蹄，南唐同样避免不了亡国的命运。

冯延巳饱读诗书，奈何治国才能堪忧。如果说他真的有那么一点儿政治才能的话，那也是体现在他党同伐异的手段与言论上。他自恃才高，常常不把其他人放在眼里，甚至连南唐的开国元老也被他明嘲暗讽。有一次，他竟公然在李璟及满朝文武面前嘲讽开国老臣孙晟："尔有何能？竟然官居丞郎！"

孙晟被气得火冒三丈，当即回击道："吾乃山东一介安分守己之书生，论鸿笔藻丽，十生不及君；论诙谐歌酒，百生不及君；论谄媚险诈，累世不及君。吾虽无能，可于国于民无害；尔有能却足以祸国殃民。"

这一番慷慨激昂的陈词不仅道出了孙晟的心声，更道出了朝中那些被冯延巳打压的臣子的心声。很多人对冯延巳敢怒不敢言，他的卑劣行径早已引发了公愤，而李璟却浑然不觉。

当时，冯延巳与魏岑、陈觉、查文徽、冯延鲁五人被称为"五鬼"，这五个人经常联起手来打压贤臣，不仅结党营私，还常常引着李璟沉迷于声色犬马之中，每天变着花样地玩乐。

在外人看来，"五鬼"无异于南唐的蛀虫。但是在李璟看来，这五人却是可亲可信的爱卿。或许，旋涡里的人永远不觉得旋涡可怕，只有在外面才能看得清楚。李璟对"五鬼"信赖有加，经常和他们一起探讨诗词格律与政治大事。若是诗词格律，他们还蛮在行，但遇到政治大事，他们只能胡说一气，而李璟却还听得一脸认真。可叹南唐的锦绣江山，竟玩弄于他们的股掌之中，在政治的核心地带，已经弥漫着一股腐朽的气息。

无论多么昏聩的君主，都不会天生就想当一个昏君。李璟虽然荒唐，但是对于南唐，他还是希望能够继承父亲的遗愿，不仅要把南唐治理好，还要一统天下，吞并列国。

"五鬼"深谙皇帝的心思，因此常常在李璟面前吹耳边风，煽动他发动战争。南唐保大二年至五年（944—947），南唐的邻国闽国发生了激烈的内战，王氏兄弟为了争夺帝位竟开始自相残杀，国中自然也划分成两派，互相攻讦，甚至时常兵戎相见。而百姓只能在兄弟俩的夹缝中生存，每年还要上交各种税款，明明"秋收万颗子"，却"农夫犹饿死"。冯延巳等人觉得这正是灭掉闽国的好机会，当即建议李璟出兵闽国。

南唐的将士们抵达闽国后如入无人之境，而闽国饱受迫害的百姓见南唐将士到来，不仅没有任何抗议，还对他们热烈欢迎，甚至主动为他们伐木开路、充当向导。他们天真地以为，如果南唐将士们摧毁了闽国的朝廷，他们就可以摆脱压迫了。然而他们万万没想到，南唐士兵的暴行，竟比闽国朝廷更可怕。

南唐保大四年（946），南唐攻克闽国建州，成功俘获了闽天德帝王延政，将士们欢天喜地地将其押赴金陵。李璟也非常高兴，给他随便封了个空衔便外放到饶州（今江西鄱阳）软禁起来。

人世间的轮回总是那么奇妙，当时的李璟万万想不到，多年以后，自己的儿子李煜竟然也会被他人这样对待，而南唐，也终将沦落敌手。

在攻下建州后，南唐将士开始烧杀抢掠，对之前帮助过他们的百姓也毫不手软。闽国百姓大失所望，对南唐恨之入骨。除了民间的反抗情绪，官场之中，那些闽国降将也常常遭到南唐君臣的排挤，本就是被南唐灭了家国，他们对南唐自然也心生怨恨。

攻下建州后，南唐很快夺取了除福州（治闽县，今福建福州）以外的全闽版图。福州成了一座孤城，而守将李仁达依然不肯投降。为了能尽快夺取福州，南唐枢密使陈觉自告奋勇，声称可以舌战李仁达，劝其归降。李璟非常高兴，当即命陈觉为宣谕使，冯延鲁为监军使，令两人率领一支队伍前往福州进行招抚。

冯延鲁是冯延巳的异母弟，兄弟俩颇为相似。陈觉和冯延鲁作为宣谕使和监军使，颇有一种天朝上国的优越感，在见到李仁达后，不仅没有丝毫安抚的意思，反而趾高气扬，并言语威胁。

李仁达是个铁骨铮铮的汉子，如何受得了这种羞辱？虽然已经走投无路，但他还是不肯投降，甚至与其针锋相对。陈觉夸下海口，现在又辱使命，不禁恼羞不已。回去后，他向李璟添油加醋地讲了一番李仁达如何如何蔑视南唐，饶是他费尽口舌李仁达也不肯投降之类的话。气愤不已的李璟立即派大兵准备强攻福州。

穷途末路的李仁达慌忙向吴越国君钱弘佐求救。其实，钱弘佐早就在静观这场恶战了。钱弘佐已经觉察了南唐的野心，看着闽国被生生吞没，唯恐下一个被吞没的就是自己的国家。因此，尽管他们与福州相隔甚远，但还是派出了一支陆军与一支水军从两个方向救援李仁达。

南唐将士们以为李仁达只是做困兽之斗，根本没把他们放在眼里。此刻的南唐将士已经被胜利冲昏了头脑，在这关键的最后一战上，竟惨败而归。

或许，冥冥之中自有天意。南唐将士的种种不得民心的举动，已经招致天怒人怨。他们的失败，也算是情理之中吧。正所谓"失民心者失天下"，他们的失败，令南唐锐气大挫。而这场声势浩大的攻闽战争，耗费了南唐大量的人力、物力以及财力。

若是寻常人，自然会从这样惨烈的事件中吸取教训，而李璟，却依然梦想着一统天下，在深宫中打着自己的如意算盘。

南唐保大九年（951），楚国马氏子弟发生了内讧，于是与此前相似的历史再度上演——李璟派信州（治上饶，今江西上饶）刺史兼湖南安抚使边镐率兵从袁州萍乡（今江西萍乡）攻潭州（治长沙，今湖南长沙），又命鄂州（治江夏，今湖北武昌）节度使刘仁赡率水师攻岳州（治巴陵，今湖南岳阳），随后又急急忙忙派兵占领了五岭以北的楚国所辖各州。

就这样，南唐似乎很轻易地便攻下了整个楚国。然而吞下去容易，消化起来却没有那么容易。楚国降将表面上对南唐俯首称臣，内心中的仇结却一直都不曾打开。在朝中，他们和闽国降将一样处处饱受排挤，冯延巳、冯延鲁等人更是对他们明嘲暗讽，极尽排挤之能事。

那些被排挤的人渐渐地越走越近，一股潜在的威胁势力正逐渐形成。

战争一旦发起，便不易平息。就在南唐占领了楚国的土地时，南汉突然发兵攻取了桂州（今广西桂林），南唐军溃败。这件事本身倒不算大事，关键是那些曾经饱受排挤的闽国降将与楚国降将趁机倒戈，而那些对南唐兵士恨之入骨的百姓也纷纷加入到了反抗的行列。于是没过几天，南唐还没有来得及消化掉的潭州及岭北大片土地又成了独立王国。

这场战争，南唐虽然起初占了优势，但奈何最后潦草收场，而南唐的国库也在这场战争中日益空虚。

南唐人笃信佛教，统治者更是如此。李璟登基后，曾在读书堂的旧址上加以修葺，将其改建成了一座寺院，并命名为"开先寺"。冯延巳受命撰文记事，写下了洋洋洒洒的《开先禅院碑记》。碑文中，他回忆了李璟对自己赏识与重用的过程，字里行间，满是对李璟的感激。一个有感恩之心的人再坏也是有底线的，没有人天生愿意做恶人，或许，冯延巳的许多行为也有其善良的初衷，正如北宋王安石的变法，虽然存在许多问题，但是初衷是好的。

除了《开先禅院碑记》，冯延巳还曾填过一首《长命女》，将君臣之恩喻作夫妻之情：

春日宴，绿酒一杯歌一遍。再拜陈三愿：一愿郎君千岁，二愿妾身常健，三愿如同梁上燕，岁岁长相见。

古人多好以夫妻比喻君臣或朋友，这种隐晦的比喻表达委婉，能够更好地抒发作者的情感，正如屈原在《离骚》中长叹"众女嫉余之娥眉兮，谣诼谓余以善淫"。冯延巳的那句"三愿如同梁上燕，岁岁长相见"，表面上看是女子对丈夫的祝愿，实则是对有着知遇之恩的李璟的美好祝愿。

不过，感恩之心常有，而报恩之力不常有，并不是每一个拥有感恩之心的人都能具备报恩的能力。冯延巳的政治才能有限，他所能回报李璟的，只有一腔文学的热忱。不过，这对于钟爱诗词的李璟来说已然足够，每当他有了新作，总会拿给冯延巳点评，两人互相切磋，家国天下早已抛诸脑后。

有一次，李璟灵感顿生，一连写了两首词：

应天长

一钩初月临妆镜，蝉鬓凤钗慵不整。重帘静，层楼迥，惆怅落花风不定。

柳堤芳草径，梦断辘轳金井。昨夜更阑酒醒，春愁过却病。

望远行

玉砌花光锦绣明，朱扉长日镇长扃。夜寒不去寝难成，炉香烟冷自亭亭。

残月秣陵砧，不传消息但传情。黄金窗下忽然惊，征人归日二毛生！

　　笔墨未干，李璟便急忙拿给冯延巳看。这两首词都是写女子的闺阁之怨，人物刻画温婉细致，感情细腻饱满。清代纳兰容若曾写下"正是辘轳金井，满砌花红冷"之句，大概正是化用于"柳堤芳草径，梦断辘轳金井"之句。

　　冯延巳读过之后叹服不已。此时此刻，他并非屈服于李璟的皇权之威严，而是真正地心悦诚服，他宁愿罚词一首，也不敢妄加点评。彼时杏花盛开，御花园中一派春意盎然的景象。清风拂面，点点落英在碧波上悠悠远去。冯延巳眼望春景，一首著名的《谒金门》由此而生：

　　　　风乍起，吹皱一池春水。闲引鸳鸯芳径里，手挼红
　　杏蕊。
　　　　斗鸭阑干独倚，碧玉搔头斜坠。终日望君君不至，
　　举头闻鹊喜。

　　冯延巳也以闺怨入词，想象一个女子面对春景苦思心上人的景象。"风乍起，吹皱一池春水"，被风吹皱的不仅仅是春水，更是女子的心。她手挼红杏蕊，闲逗鸳鸯来消磨时光，然而鸳鸯的成双成对，正是她的孤独寂寞的反衬。她的独倚栏杆，她的玉簪斜坠，每一处细节，都透着无尽的相思。都说喜鹊能报喜，但是此时此刻，喜鹊的声音真的意味着心上人回来了吗？只怕又是一场空欢喜吧。

　　李璟深为折服，这首《谒金门》激发了他新的创作灵感。

于是当即铺纸落笔，一口气填了两首《摊破浣溪沙》：

摊破浣溪沙（其一）

手卷真珠上玉钩，依前春恨锁重楼。风里落花谁是主？思悠悠。

青鸟不传云外信，丁香空结雨中愁。回首绿波三楚暮，接天流。

摊破浣溪沙（其二）

菡萏香销翠叶残，西风愁起绿波间。还与韶光共憔悴，不堪看。

细雨梦回鸡塞远，小楼吹彻玉笙寒。多少泪珠无限恨，倚阑干。

这两首词一为伤春，一为悲秋。

第一首是伤春之作，词的下阕以景结情，"回首绿波三楚暮，接天流"。日落长河，春水东流，这样的意境总能让人想起李煜的千古名句"问君能有几多愁？恰似一江春水向东流"。父子俩一脉相承，不仅在性情上颇为相似，在诗词歌赋上也不乏默契。而李璟词中的春愁，或许也与后周之威胁有关。"为赋新词强说愁"之愁往往空洞无味，而这首词中的愁绪却如雨中的丁香结，令人哀婉，令人回味，背后必有其缘由。

第二首为悲秋之作。虽然当时是春天，但是李璟以秋天的西风绿波为背景，感叹韶光易逝、年华难留，其中"小楼吹彻玉笙寒"之句尤为精致。这几首词流传甚广，并由歌姬演唱，很快传遍民间。

君臣二人互相称赞，李璟还开玩笑说：风乍起，吹皱一池春水，干卿何事？

冯延巳则笑答：不及陛下"小楼吹彻玉笙寒"之句。

"吹皱一池春水"的典故也由此而来，后人将这句话引申为"关你何事"之意。其实南唐之亡，并非亡于李煜一人之手，从李璟时期开始，南唐就已经开始病变。这世上哪有什么突然，每一个突然的背后，都曾有过漫长的必然。南唐之亡非一朝一夕之事，那些风花雪月的故事，那些蹉跎靡费的时光，乃至一花一木、一梁一瓦，无不倾吐着南唐亡国的答案。

少年时的从嘉时常模仿父亲和冯延巳的格调写诗填词，"三愿如同梁上燕，岁岁长相见""小楼吹彻玉笙寒""回首绿波三楚暮，接天流"等句深深印刻在他心中，耳濡目染，渐渐形成了早期词作华丽轻柔的风格。

光阴荏苒，李从嘉很快到了成婚年纪。李璟早就为他定下了亲事，女孩是南唐司徒周宗的长女，年长李从嘉一岁，名娥皇。这个名字，很容易让人联想到帝舜之妻娥皇，而娥皇还有个亲妹妹，也嫁给了帝舜，名女英。巧合的是，周娥皇也有个妹妹，其名字正史不见记载，有野史称其为"周女英"，更为巧合的是，这位小妹后来也嫁给了李从嘉，当然，这是后话。

周娥皇是个才貌双全的女子，不仅通晓史书，还精通音律、舞蹈，又擅长博弈，弹奏琵琶更是一绝。南唐保大十二年（954）的春天，金陵城里杏花吐蕊，一派春意盎然的景象。李从嘉身着盛装，骑着高头白马，在一片喧哗的锣鼓声中去迎娶那位素未谋面的姑娘。

那一天，几乎整座金陵城的人都出来了，有人攀上了墙头，有人站在楼上，甚至有一群人爬上房顶，将那个小小的房子生生踩塌。人们对这个天生一目重瞳的皇子充满了好奇，更对这个皇家仪仗队满心敬慕，百姓们都渴盼着沾沾喜气。

一个是身负传奇的当朝皇子，一个是名满京华的才情姑娘，人们都觉得这是天作之合。他听说过她的美名，她也听说过他的故事，两人心中都满是憧憬。封建社会的婚姻讲求门当户对，与其说是两个人之间的婚姻，不如说是两个家族之间的联姻，家族背景越是强大越会如此。统治者们对于儿女的婚姻，往往也视为一种天然的政治工具。周娥皇的父亲周宗昔为烈祖李昪的侍从，颇善辞令。后来南唐建立后，周宗被擢拔为内枢使、同平章事，后迁侍中，是开国元老之一。李璟非常敬重周宗，与他缔结儿女亲事，既能抚慰老臣，又能稳固朝纲，六子从嘉与周娥皇又是郎才女貌，正是一举多得的喜事。

十八岁的李从嘉自然不会像父亲那样顾及那么多，对于他来说，只要周娥皇的确是才貌双全的温情女子便已足够。洞房花烛之夜，当他揭起她的红盖头时，那一瞬的惊艳，如同一朵似火红莲绽放在静寂的夜空中。

李从嘉早就知道这位新娘是位难得的才女，没想到还生得这样倾国倾城。他拿出了自己珍藏的约臂玉环送给娥皇，作为他们爱情的信物。

周娥皇的美与才情深深地吸引了他，也激发了他源源不断的创作灵感。她的一颦一笑，化作了他笔下传世的辞章。

千年逝去，当我们再读那些词作，那段曼妙美好的时光依然触手可及，《长相思》便是其中代表：

长相思

云一绸，玉一梭，澹澹衫儿薄薄罗，轻颦双黛螺。

秋风多，雨相和，帘外芭蕉三两窠。夜长人奈何！

美好的爱情催生了无限灵感。"云一绸"状写女子发式之美，那一头乌黑长发盘成云髻，上面简单地点缀着珠玉。她长裙曳地，淡雅如同空谷幽兰，眉宇间凝结着淡淡的愁思。窗外秋风乍起，细雨点点滴滴落在芭蕉叶上。听雨打芭蕉，那种无处诉说的愁苦愈发浓烈。

词中的女子，大概是以周娥皇为原型描摹的。那种闺怨秋思，一字一句扣人心弦，让人如在其境，如睹其人。或许，这本就是李从嘉离宫远行想象周娥皇时所作，古人常常在笔下写对方如何思念自己，实则是自己思念对方。

李从嘉喜欢出游，每年春夏之际，都会出行数日，去大自然的山水中游目骋怀，体会生活的诗情画意。每次远行，他都会结交一些骚人墨客。所谓"三人行必有我师"，与这些文人在一起，他的学识与眼界有了更大的长进，提笔写诗词，也有了更多的灵感。

与周娥皇完婚不久，李从嘉便按照惯例准备出门远行。周娥皇多希望自己能陪伴在侧，但这不合礼制，她只能亲自为他准备路上的用品，然后再三叮嘱他早日回来。

李从嘉离开后，周娥皇陷入了无边无际的孤独之中。每至明月高悬，一个人独对孤灯，那种噬心蚀骨的孤独便漫无边际地飘散开来，所有的忧与愁，都融入茫茫黑夜。李从嘉不在身边的日子真是度日如年，周娥皇无心打扮，所谓"女为悦己者容"，既然"悦己者"不在，她又能为谁"容"呢?

十多天后，李从嘉终于回来了。此时的周娥皇再也顾不得什么体统，兴奋地扑进他的怀抱，恨不得将这些天所有的相思之苦都倾诉出来。李从嘉满心爱怜，望着她略显憔悴的娇美面庞，心中升腾起无限绵绵情思。他想象着娥皇思念自己的样子，填了一首《谢新恩》:

谢新恩

樱花落尽阶前月，象床愁倚熏笼。远似去年今日，恨还同。

双鬟不整云憔悴，泪沾红抹胸。何处相思苦，纱窗醉梦中。

暮春时节，纷纷扬扬的落英铺满石阶，月华满地，这良辰美景却无人同赏，她发髻蓬乱，泪水扑簌簌落下，沾湿了红色的抹胸。无限思念与惆怅，只能在梦中寻找慰藉。这是周娥皇的喃喃诉说，李从嘉随手便用绝美的字句将其刻录下来。除了这首《谢新恩》，李从嘉还有一首同时期的《谢新恩》，但遗憾的是下阕的前两句一直没填:

谢新恩

樱桃落尽春将困，秋千架下归时。漏暗斜月迟迟，花在枝。

　　××××××××，×××××（缺十二字）。彻晓
纱窗下，待来君不知。

　　两首《谢新恩》的风格相同，或许是同一天所填。李从
嘉或许是填了几句都不满意，索性就先空着了，想着以后有
灵感了再填上去，但是后来就扔在一边了，这首《谢新恩》
也就成了遗憾的残篇。

　　与心爱的人分离，任谁都会无限思念。在外游历的时候，
李从嘉心中也是思念着娥皇的，只不过每天都有可忙的事情，
身边又围着一群知己好友，孤独与思念也就得到了些许缓解。
直到中秋节周娥皇回娘家省亲，李从嘉一个人守在空房时才
知道思念一个人是怎样的噬心蚀骨。彼时枫叶正红，仿佛每
一片叶子都遍染离人的相思泪。虽然只是分别几天，但李从
嘉却觉得像是过了好几年。此时此刻，他只能用笔墨来慰藉
心中的无限思念：

长相思

　　一重山，两重山，山远天高烟水寒，相思枫叶丹。

　　菊花开，菊花残，塞雁高飞人未还，一帘风月闲。

　　其实周娥皇的家并不远，和皇宫一样也在金陵城中。但
是对于离人来说，只要是目不可及，即便相隔再近也是千山
万水。他们之间只是隔了半座城，他却觉得是隔了几重山，
心中绵亘不绝的思念染红了那重重山峦上的枫叶。他等她回

来，从花开等到花落，依然不见归人。大雁也知归家，在蔚蓝的天空中翩然飞过，却蓦然触动了他心中的离愁别恨。

王国维曾说：欢愉之词难工，愁苦之词易巧。很多诗人都能将愁苦刻画得淋漓尽致，但是未必能把快乐也形容得惟妙惟肖，因此许多传世佳作，大多是愁苦之词。李从嘉的词作虽然也是愁苦为佳，但是其早期写作的欢愉之词同样不可小觑，与周娥皇的聚散则起到了很大的促进作用。

彼有人焉，未可图也

　　李从嘉与周娥皇如同一对神仙眷侣，赌书泼茶，其乐无穷。年少的时光最是纯净无瑕，如同天空中那一片亘古的蓝色，明媚而耀眼。李璟或许想不到，他昔日的那句"风里落花谁是主"竟成了儿子命运里的一句谶言。

　　除了爱好文学，李从嘉也偶尔带着随从到郊外打猎。浩瀚的长江水奔腾不息，他喜欢沿着江畔策马驰骋，兴起时，也会高歌父亲的那句"回首绿波三楚暮，接天流"，那一江浩浩汤汤的春水，在他心中刻成了永恒。多年以后，当他作为"违命侯"被囚禁于汴梁的小楼时，心中依然挂念着那一幅春水碧于天的画卷。

　　就在李璟安于现状、与群臣吟风弄月的时候，后周的势力却日渐强大，并对南唐步步紧逼。南唐保大十三年（955），周世宗柴荣发动了进攻南唐的战争。那一年李从嘉十九岁，对军事一概不知。一方面，他有一个强势的哥哥李弘冀，李弘冀一直觊觎着太子之位，虽然皇叔李景遂已经被立为皇太弟，但只要李景遂还没有登上帝位，他就还有希望。皇兄与皇叔的明争暗斗，李从嘉一直看在眼里，或者说，他是看着他们的斗争长大的，因此对皇权有着一种天然的畏惧感。另一方面，他的确是热爱诗词歌赋远胜于皇权，他只想做个风雅的诗人，填填词、写写诗，已是足矣，何必要卷入政治的旋涡呢？

因此，当敌人的铁蹄踏碎南唐的锦绣太平，无论是今时的李从嘉，还是后来的李煜，都无法拯救国家的危难。

周世宗柴荣是一个雄才大略的皇帝。为了能早日完成统一大业，他决定先攻灭南唐。南唐如同一头肥美的绵羊，不仅富庶繁华，而且军备松弛，更容易攻破。笙歌醉梦中的李璟听闻周军将至，赶紧以神武统军刘彦贞为北面行营都部署，率领两万精兵增援淮西重地寿州（今安徽寿县）。当时赵匡胤还是后周的殿前都虞候，他在这场战争中立下了赫赫战功，深受柴荣的器重。南唐节节失利，最终只能遣使求和。

要想讲和，必然是有条件的。周世宗柴荣如同狮子大张口，要求李璟将江北的土地全部划分给后周。

李璟还是有骨气的，坚决拒绝了柴荣的要求。于是讲和无法进行下去，李璟厉兵秣马，准备再战，并任命齐王李景达为元帅。

宫中的温柔富贵乡，并没有被前线的硝烟所影响。笙歌依然嘹亮，水袖依然翩飞，红香绿玉的气息弥漫在李从嘉的少年生活里。将士们忙着浴血奋战，而他则忙着写诗填词，抑或狩猎。

由于没能得到江北土地，柴荣非常愤怒。他率领军队进入淮甸，沿江巡抚，考察地势，伺机进攻南唐的都城——金陵（今南京）。恰在此时，他赫然看到一道白气贯射长空，俨然帝王之气。柴荣格外震惊,他以为南唐气数将尽,正是攻灭南唐的好时机,万没想到竟还有这样强烈的帝王之气。他赶紧派人前去巡查,原来,是六皇子李从嘉带人在那里打猎。柴荣得知后长叹道:"彼有人焉,未可图也。"最后放弃了进攻金陵的计划。

这个故事记载于宋代龙衮所著的《江南野史》中,故事中笼罩着一种神秘色彩,令人将信将疑。那一股奇特的白气真的是帝王之气吗?我们无从得之。如果李从嘉是命定的皇帝,因何又要归降北宋,成为他人的阶下囚呢?

命运弄人,或许只有强者才能掌控自己的命运,而弱者的命运同样是由强者掌控。李从嘉身上所展露的帝王气质,或许只在词坛中适用。

战争考验着一个国家的力量,也考验着将领们的军事才能。对于南唐来说,后周的威胁不仅重新划定了国家的疆土,更在无数次大大小小的战争中形成了南唐新的政治格局。李景遂作为皇太弟,虽然自己一直不愿意坐这个位置,但是大家的心一直是倾向于他的。而李弘冀争强好胜,倾向于李弘冀的人少之又少。但是战争打响后,李景遂的那些文墨功夫在硝烟战火面前脆弱得不堪一击,而李弘冀过人的军事才华则得以凸显。人们渐渐意识到,能够拯救国家危亡的,不是那些风花雪月的诗词歌赋,而是穿梭于刀光剑影中的铮铮铁骨。

李弘冀在战场上所向披靡,越来越多的人开始倾向于李弘冀。而最重要的一次转折,还在于与吴越国的一场恶战。当时后周攻占广陵江苏扬州广陵区,吴越则趁机入侵常州,而燕王李弘冀当时正驻守润州，形势非常危急。李璟担心李弘冀年少，赶紧下诏令李弘冀返回金陵。但是李弘冀认为，大敌当前，自己作为主帅如果临阵脱逃，必定会导致军心涣散。众将也都希望李弘冀能留下来，虽然他年纪尚轻，但毕竟是众将的主心骨。李弘冀向父皇表示不愿回去，李璟便打消了召回李弘冀的想法，之后，李弘冀准备与吴越对战。

为了壮军威、扬士气，李弘冀发誓要与众将士共同驻守润州，人在城在，城破人亡。一时间，全军士气大振，人们对这位年轻的皇子深感敬佩。

李弘冀不仅具备过人的军事才华，在识人用人上也超乎他人。他得知都虞候柴克宏英勇善战，便力排众议，以自己的性命担保提拔柴克宏为前敌主将。这个决议几乎没有人赞同，但是李弘冀相信自己的眼光。果然，柴克宏没有让他失望，他感念着李弘冀的知遇之恩，在战场上英勇奋战，不仅稳固了润州，还率兵解救了常州之围，大破吴越军，斩首万级，俘虏了十多名吴越将领。

不过，李弘冀向来狠辣，他下令杀死了所有俘虏。

经过这一场战役，朝中支持李弘冀的人明显多了起来，甚至气势渐渐超过了李景遂。手握军权的李弘冀威风八面，愈发不把皇叔李景遂放在眼里，甚至由原来的暗斗，变成了明争。

不仅如此，李弘冀的部下还经常跑到李璟面前煽风点火，表示不立李弘冀为太子难以安军心。

其实，李景遂本来也没对皇储之位抱有多大念想，当初被立为皇太弟的时候他就曾表示过拒绝，还改字"退身"，取老子"功成名遂身退"之意。只不过皇命难违，他入主东宫十三年来，心中一直隐隐不安，也曾多次上书请辞，奈何哥哥始终不允。在李景遂眼中，李弘冀还是个孩子，对他的那些嚣张言行也没有放在心上，既然现在他已经羽翼丰满，那就成全他，让他心满意足地做个太子。

李景遂决定再次上书请辞，无论哥哥同不同意，自己去意已决。交泰元年（958），李景遂力求辞掉皇储之位，离开东宫，回到自己的封地。李璟苦留，奈何李景遂毫不动摇。另外，李景遂还表示希望能立嫡长子李弘冀为太子，这样不仅李弘冀可以稳定下来，他所掌控的军队也能得到慰藉。

见弟弟如此坚决，李璟只好同意，准允弟弟回自己的封地，并改立李弘冀为皇太子。

然而，这个决定却令李璟悔恨终生，而兄弟俩这一别，也成了永别。李景遂在回封地的路上，忽然中毒身亡。李璟听闻噩耗后悔不迭，只能派人彻查事情的真相。人们总是迫不及待地想要知道真相，又总是害怕知道真相。大家心中都清楚，只有太子李弘冀才会这么做，但是在证据确凿之前，没有人敢这么说，李璟也希望这件事另有隐情。

李弘冀本应为皇叔的主动请辞感到慰藉，但是他太多疑了，觊觎了这么多年的太子之位竟然这么轻松就得到了，这一切来得太突然，突然到让他不敢相信。他总觉得，皇叔做了这么多年皇太弟，怎么可能说辞就辞了呢？唯有让李景遂永远没有回来的可能，他才能安安心心做他的皇太子。于是，他暗中派人给李景遂投了毒，让这个最具威胁的人物永远消失。

想来命运何其残忍，李璟最看好的两名继承者——弟弟李景遂与六子李从嘉（后更名李煜），都是百般不愿意继承皇位，最后又都是因为皇位被毒杀。那个至高无上的位子，带来了多少家破人亡，乃至兄弟阋墙、父子相残。有人将其视为珍宝，也有人避犹不及。或许命运就是如此，当你越是想要得到时，反而失去的越多，越是与世无争，那些不想要的纷纷扰扰偏偏又找上门来。

第二章

少年锦时：天教心愿与身违

烂嚼红茸，笑向檀郎唾

风吹细雪，融入千年岁月，那些沉淀于心海的故事，总在月光朗朗的夜里游走在眉间心上。

听闻皇叔李景遂被毒死，李从嘉受到了前所未有的震撼与惊吓。他向来心地善良，虽然大家都纷纷猜测这一定是太子李弘冀的手笔，但他无论如何也想象不出哥哥为何要置皇叔于死地。对他来说，就算是杀死一只老鼠都觉得残忍，何况是一个活生生的人，而这个人还是自己最熟悉、最慈爱的亲人。想到哥哥以前也曾敌视过自己，加之自己不同于常人的相貌，哥哥会不会对自己也痛下杀手？李从嘉越想越害怕，为了表示自己绝不会与哥哥争夺太子之位，这个天真的少年想到了一个办法——信奉佛教，不理红尘俗世。

不过，他毕竟是个皇子，不可能真的剃度出家，他只能在自己的宫室里摆上佛龛，每天虔诚地吃斋念佛，还给自己取了一系列的、带有隐者意味的号——钟隐居士、钟山隐士、钟峰隐居、莲峰居士、钟峰隐者、钟峰白莲居士等，并对朝中政事不闻不问。或许李从嘉的做法是正确的，如果他真的对帝位有兴趣，或许李弘冀也不会念及与他的手足之情。

李从嘉是个善良而胆小的人，即便是胞兄，他依然感到畏惧。长久以来，李弘冀征战沙场，李从嘉却泡在温柔富贵乡。一个是草原上的猎鹰，一个是被人豢养的羔羊；一个现实，一个浪漫；一个狠戾，一个温情。兄弟俩的性格如同水与火般格格不入，彼此也没有什么好感。心中的畏惧，李从嘉只有在笔墨中倾诉，诗词成了他最好的知音，如这首《秋莺》：

秋莺

残莺何事不知秋，横过幽林尚独游。

老舌百般倾耳听，深黄一点入烟流。

栖迟背世同悲鲁，浏亮如笙碎在缑。

莫更留连好归去，露华凄冷蓼花愁。

在这首诗中，李从嘉自比残莺，那份秋天的萧瑟与凄凉，正是他心情的真实写照。他希望像那只深秋的残莺一样躲藏起来，避开这晦暗的现实，避开残酷无情的哥哥，避开所有的权力之争。

李从嘉的表现的确让李弘冀有了前所未有的安全感，李景遂这个心腹大患已除，天生帝相的六弟又如此识趣，他仿佛看到了那金灿灿的帝位已经在向自己招手。然而他却不曾想到，当真相浮出水面，随之而来的便是美梦的幻灭。李璟很快查到了他毒杀李景遂的证据，原来，李景遂曾杀了都押衙袁从范的儿子，袁从范因此对他怀恨在心，这恰好让李弘冀看到了可乘之机。李弘冀决定"借刀杀人"，花重金买通了袁从范，让他给李景遂投毒。袁从范本就对李景遂心怀憎恨，现在又有太子撑腰，加之金钱的诱惑，虽然明知被查出便是死罪，还是决定铤而走险。李景遂在返回封地的中途，休息时曾与人一起打球，随后觉得口渴，便喝下了袁从范送来的水，而那碗水中，已经被投了剧毒。

李璟看着袁从范的口供，心如刀割般地痛。联想到李弘冀此前残杀战俘一事，愈发觉得这个儿子毫无人性，一旦成为国君，不知多少人会被他残杀，甚至是自己钟爱的六子从嘉只怕也会遭遇不测。思前想后，他决定废掉这个太子，日后另立他人。

李璟将袁从范的供词狠狠地摔在李弘冀的脸上，痛斥他的残酷无情，告诉他李景遂曾怎样苦苦求情，为他说尽好话，而他却痛下杀手，毫不念及血浓于水的亲情。

多年来，李弘冀所做的一切都是为着太子之位，结果刚被立为太子，没几天就又遭到废黜，这对李弘冀来说是极大的打击。不能做太子，日后也不能成为皇帝，那这一生还有什么意义呢？又想到皇叔昔日对自己的提携，而自己竟狠心将其杀害，李弘冀心中的内疚感与日俱增，甚至经常梦见浑身七窍流血的皇叔向自己索命。

人活着，总要有一个信念支撑着，如果没有任何信念，与行尸走肉又有何区别呢？当李弘冀的人生信念灰飞烟灭，正当壮年的他身体状况竟愈发糟糕。

不过，他的威名依然远扬在外，支持者一直希望他能恢复太子之位，虽然毒杀亲叔叔实乃大逆不道，但是从国家的长远角度考虑，他依然应该成为南唐的皇储。

太子之位腾空，立谁为太子自然又成了大家关心的话题。李从嘉再度有了一种危机感，他唯恐有人主张立自己为太子，招来哥哥李弘冀的猜疑，甚至迫害。为了表示自己无意于皇位，他每天与周娥皇填词赋诗、诚心礼佛。周娥皇的音乐天赋也充分展露出来，她最是了解李从嘉的，每当他填写了新词，娥皇马上便能轻启朱唇，一面弹奏琵琶，一面婉转唱出。

周娥皇的嘴唇尤其迷人，那样娇红可爱，犹如小巧的樱桃。他甚至专门填了一首词来描摹她的樱桃小口：

一斛珠

晚妆初过，沈檀轻注些儿个。向人微露丁香颗。一曲清歌，暂引樱桃破。

罗袖裛残殷色可，杯深旋被香醪涴。绣床斜凭娇无那。烂嚼红茸，笑向檀郎唾。

宫中女子一天中往往要化两次妆——早妆和晚妆，因为晚上常常要唱歌跳舞，歌舞之前，需精心装扮。那一天周娥皇刚刚化过晚妆，嘴唇上涂了淡淡的沈檀（装饰用的颜料，这里指唇脂）。他看得太仔细，不想错过每一个细节，当她清歌一曲时，他甚至看到了娇娜可爱的舌头。歌舞之后，她呷了一口酒，然后斜靠在绣床上，娇美得无与伦比。"檀郎"即情郎，晋代潘安小名檀奴，因为容貌俊美，后世常用檀郎代指情郎。身为"檀郎"的李从嘉忍不住靠近她，她却笑着随口将嘴巴里的"红茸"吐向他。

至于"红茸"是什么，文学界一直争议不绝。有人认为

"红茸"是红色线头，也有人认为"红茸"其实就是槟榔。亦或许，那"红茸"另指他物。千年的冗长岁月，已将那小小的"红茸"彻底掩藏，究竟"红茸"为何物，我们无从得知，但是周娥皇的可爱娇媚，却在这首词中流传了千年。

在那些困厄的时光中，爱情成了李从嘉最好的慰藉。他觉得此生有娥皇，实在是莫大的幸事。她的一颦一笑，如同三月的春风，吹散了他心中所有的阴霾。

皇长兄的恶因恶果

与周娥皇的浓情蜜意，也很好地转移了李从嘉心中的畏惧感。他乐得逍遥，而李弘冀却在无限失落与惊惧中渐渐病入膏肓。

李弘冀本以为皇叔死了，便没有人能与自己争夺皇位了，却没想到自己还是过不了良心这一关。或许是从父亲将袁从范的供词摔在他的脸上的那一刻起，他便已经意识到了自己的荒唐。

当时南唐正遭受后周的猛烈进攻，李璟只能割地求和。正在他为国事焦头烂额之际，李弘冀竟然做出如此大逆不道之事，着实令人失望。本来，李璟已经打算传位给太子李弘冀，自己去做太上皇，但是出了这件事，他无论如何也不能马上传位给他了。

失去太子之位，是对李弘冀最大的打击，不能成为皇帝，他觉得此生都将索然无味。父皇斥责他的那些话反复响彻耳畔，他扪心自问，从小到大，皇叔李景遂对自己关怀良多，甚至是成为太子，也是在皇叔力荐的结果。论辈分，李景遂是自己的长辈，而这些年来，自己似乎从未把他当作自己的长辈，只把他当作自己政治上的劲敌，甚至是通往皇位的绊脚石。

一天夜里，李弘冀忽然看见皇叔李景遂向自己招手，他吓了一跳。走近看时，竟见皇叔的眼睛、鼻子、嘴巴、耳朵都流出血来，他吓得魂飞魄散，转身要跑，而李景遂却冲过来狠狠地掐住了他的脖子，瞪着一双血眼向他索命。

李弘冀拼命地呼喊，醒过来时发现只是一场梦。然而那梦太过真实，他甚至觉得李景遂的鬼魂一定就在自己房间里。闻声而来的仆人询问他是否有什么事，李弘冀吓得体如筛糠，已经语无伦次。

随后的几天，李弘冀反复做着那个同样的噩梦。他愈发觉得，一定是李景遂的冤魂前来索命，于是找了驱邪的法师前来作法，将府中的每一个角落都"清扫"了一番。或许是心理作用，当天晚上李弘冀真的安安稳稳睡了个好觉，没有做那个可怕的梦。然而仅仅过了一天，那个可怕的梦又回来了，甚至比之前更加可怕，当梦中的李景遂掐住他的脖子时，李弘冀甚至能清晰地看到他眼球上的血丝。

从此后不仅是夜里，即便是白天，李弘冀只要闭上眼睛，就能看到皇叔李景遂浑身是血地站在面前，时而质问他为何要对自己痛下杀手，时而大骂他不仁不义，甚至直接伸出一双血手，死死地扼住他的脖子，令他呼吸不得。

子不语怪力乱神。世上有许多事情还不能用科学现象来解释，"冤魂索命"或许言过其实，但是李弘冀年纪轻轻病入膏肓，的确是与其杀害亲叔父紧密相关。人们听说李弘冀经常看到李景遂的冤魂，都纷纷指责他是恶有恶报。

因果轮回，李弘冀的一念之差，断送了自己的大好前程，从此南唐乃至整个中国的历史，都因此而改写。历史的发展，人世的变迁，总会有一些无法预测的变故横生其中，哪怕是一个小小的细节，也可以引发历史的震动。就像秦武王嬴荡的举鼎而死，若非这一变故，又何来宣太后与秦昭襄王呢？

　　李景遂死后的第二年，一个寻常的日子里，李弘冀不知第多少次从睡梦中惊醒。他从卧室一直跑到庭前，拼命地抱头哭喊"不要杀我"，仆人们对这种现象早已见怪不怪，并没有当成多大的事。然而就在当天，李弘冀因长久以来的折磨加上过度的惊吓，竟真的被"冤魂"索去了年轻的性命。

　　就像杜牧在《阿房宫赋》中的那句"灭六国者六国也，非秦也；族秦者秦也，非天下也"，李弘冀之死，其实是自己的熏心权欲埋下的祸根。

　　人们都说这是李弘冀罪有应得，真切哀悼他的，只有昔日的部下。只有他们知道，李弘冀曾经怎样浴血奋战，怎样与将士们同生死、共患难。或许从李弘冀倒下的那一天起，南唐便再没有了傲立于世的实力。而人们兀自窃喜，以为李弘冀一死，便再没有人觊觎皇帝之位，甚至天真地以为南唐江山可以万古永固。

　　长久以来，李从嘉一直活在哥哥的阴影下，从未想过有一天正当壮年的哥哥竟然会去世，更未想过帝位会与自己有什么关系。他觉得自己不需要政治，有诗词，有美人，有歌舞，这就足够了，却不料命运弄人，那个曾让他感到无限畏惧的太子之位，竟离他越来越近。

万顷波中不自由

人生无常，如同风霜雨雪、月圆月缺，心中的计划再好，也总是难料瞬息万变的世界。当李从嘉醉心于风花雪月、儿女情长时，皇兄李弘冀的死去，却把他推上了政治的风口浪尖。

昔日为了避开李弘冀的猜忌，李从嘉曾写过两首《渔父》来表明自己的立场：

渔父

浪花有意千重雪，桃李无言一队春。一壶酒，一竿纶，世上如侬有几人？

渔父

一棹春风一叶舟，一纶茧缕一轻钩。花满渚，酒满瓯，万顷波中得自由。

浪花翻卷，桃李无言，当世人都在追名逐利时，他想要的，却只有一壶酒、一竿纶，在温柔的春风里做一个遁世隐者。他希望能在"万顷波中得自由"，谁知世事难料，却是

"万顷波中不自由"。

命里有时终须有，命里无时莫强求。或许，李景遂与李弘冀的叔侄之争，只是为李从嘉的帝王生涯埋下伏笔。如果只有一李景遂，从嘉未必能成为后主；如果只有一李弘冀，从嘉亦未必能成为君王。命运的安排何其巧妙，让李从嘉这个最不想成为帝王的人，距离帝王的位置越来越近。

如果不是李弘冀病逝，李璟说不定会重新立他为太子，毕竟李弘冀是众子之中最有帝王才能的，当时废掉他的太子之位，实在是气愤难平，而且不做出些制裁，也难堵悠悠众口。因此在这一年中，李璟迟迟没有提立储之事。李弘冀死后，李璟不得不重新立储。

此时可以被立为皇储的，只有六子从嘉和七子从善。究竟立谁为太子，其实李璟心中早已有了答案。李从嘉心地善良，不争不抢，而且在文学上很有造诣，李璟非常看好他。尤其是在李弘冀与皇叔争夺储君之位时，李从嘉身为皇子，不仅没有牵扯其中，还始终洁身自好，不结党营私，也不热衷功名，他那些笃定而淡泊的诗句给李璟留下了很好的印象。如果日后他成为皇帝，必定是一代仁君。

虽然心中已经有了答案，但毕竟立储不是一个人就能决定的事，他还是要召集朝臣们象征性地讨论一下。

臣子们也都心知肚明，而且李从嘉向来仁善，大多数朝臣对他的印象也还不错。不过，也有人持反对意见，比如钟谟。

钟谟，字仲益，初为翰林学士，后进礼部侍郎，判尚书省。他为人耿直、刚正不阿，他认为未来的皇帝必须是以国事为重的，而李从嘉的心思根本不在政治上，"从嘉德轻志懦，又酷信释氏，非人主才"。释氏，即佛教，他的这番话可谓一语中的。李从嘉是个天生的诗人，而"政治家"连后天都谈不上。他在饱受哥哥李弘冀的压迫之下倾心于佛教，一心想着跳出红尘世外，这样的人若当了皇帝，怎能治理好国家呢？

李从嘉的笔下，不乏关于佛教的诗词，比如《病中书事》：

病中书事

病身坚固道情深，宴坐清香思自任。
月照静居唯捣药，门扃幽院只来禽。
庸医懒听词何取，小婢将行力未禁。
赖问空门知气味，不然烦恼万涂侵。

他渴望远离尘嚣，寻一个世外桃源，在月光朗朗的夜里听着捣药声，摒弃红尘俗世中的所有烦恼。虽然当时信奉佛教是出于一种逃避心理，但是信奉得久了，李从嘉已经习惯了，就像戴得太久的面具，已经成了自己生命的一部分。

钟谟既然认为李从嘉不适合做储君，那么他所认定的，自然是李从善了。他直接谏言道："从善果敢凝重，宜为嗣。"

李从善也是个才华横溢的皇子，爱读书、爱写诗，曾写下"尊前留客久，月下欲归迟"这样精彩的诗句。当然，他的才气与李从嘉相比要逊色一些，不过在性格上，他却比李从嘉更果敢，若论帝王修养，李从善要比李从嘉强上许多。

不过，李璟以及多数朝臣深受嫡长子继承制的观念束缚，更倾向于六子从嘉，而且李从嘉天生帝相，说不定日后能成为一统天下的贤君。虽然他此时表现稍显逊色，但他们更相信李从嘉的将来。

钟谟的谏言让李璟很是反感。当一个人心中已经有了选择，明知别人多说无益，往往也总要听别人多说两句，就像在用抛硬币的方式为自己抉择，当你想要抛第二次的时候，心里其实已经有了答案。

既然钟谟反对让李从嘉成为太子，那么日后从嘉即位，钟谟必然心有不服。虽然知道他是个正直的臣子，但为了儿子的将来，为了南唐的稳固，李璟还是找了个借口将钟谟贬为国子司业，流放到了饶州。

可怜天下父母心，李璟是国君，也是父亲，他希望日后从嘉能坐稳帝位，所有反对从嘉的人，他都会一一除掉。

随后，李璟封李从嘉为吴王、尚书令、知政事，并令其入主东宫。虽然还没有正式册封太子，但是入主东宫，便意味着他将成为南唐未来的君王。因为在皇宫中，东宫为太子居所，册封太子，只是早晚而已。

对于茫然懵懂的李从嘉来说，这一切来得太突然。他还没有从"万顷波中得自由"的美好憧憬中走出来，就深陷政治的泥潭，此生都逃不过这冠冕的束缚。尤其想到惨死的皇叔，他总是有一阵阵的畏惧感，他不知道等待他的将是什么，虽然千万人都无比羡慕他，但他心中，却总是有一种隐隐的不祥之感。或许这便是宿命，从降临尘世的那一天起便无法逃脱。

第三章

东宫醉梦：看花莫待花枝老

赠尔乌玉玦，泉清砚须洁

入主东宫，是李从嘉从未意料到的。兄长与皇叔之间的那场血雨腥风犹历历在目，他想要的，不过是万顷波中得自由，然而世事难料，皇权加身，从此自由成空，这一生的时光，都将与家国天下紧密相连。

不过，从李从嘉入主东宫，到他继承大统，中间还间隔了两年。这说长不长、说短不短的两年，应该是他一生中最幸福惬意的时光。在这两年中，他不必再像以前一样时刻担心兄长的猜疑与加害，也不必像后来那样因国事而心力交瘁。父亲的羽翼尚能护他周全，他是皇储，享有一人之下、万人之上的尊荣。他还可以做自己想做的事，还可以是真真正正的李从嘉，而不是李煜，更不是违命侯。

李从嘉喜欢写诗填词，他的生活始终缭绕着缱绻的墨香。他热衷于书画，总是想方设法去搜集各方名家墨宝，世人大多知道他是位才华横溢的词人，也知道他是位落墨生香的书法家、画家，但是鲜有人知道，他还是一位目光敏锐的收藏家。

收藏家为了得到想要的藏品，总要费尽心力。对于李从嘉来说，天生的高贵血统为他在收藏之路上带来了极大的优势。为了能得到那些名家真迹，他不惜重金，甚至常常亲自上阵，那种痴迷，就像小孩子对玩具永无休止的渴望一样。

他的藏品非常丰富，后来成为南唐皇帝，更加拓展了他在收藏界的疆域。据南唐建业文房藏书《阁中集》第九十一卷《画目》中记载，李煜收藏上品99种，中品33种，下品139种，其中包括画中珍品《明皇游猎图》《奚人习马图》《卢思道朔方行》《杨妃使雪衣女乱双陆图》《猫》等。

他曾费尽心力地找到了梁元帝的《金楼子》一书，毕竟得来不易，他感慨万千，并为之作序：

> 梁孝元谓王仲宣昔在荆州，著书数十篇，荆州坏，尽焚其书。今在者一篇，知名之士咸重之。见虎一毛，不知其斑。后西魏破江陵，帝亦尽焚其书，曰：文武之道，尽今夜矣！何荆州坏、焚书二语，先后一辙也。诗以慨之曰：

> 牙签万轴裹红绡，王粲书同付火烧。
> 不是祖龙留面目，遗篇那得到今朝？

梁元帝萧绎自号金楼子，南北朝时期南朝梁代皇帝，与李从嘉颇为相似，是个才华横溢的文艺皇帝。他喜读诗书，工于书画，尤其擅长绘画外域人的形貌。他也是个收藏家，宫中珍藏了大量的名家墨宝。然而在江陵（今湖北武昌）城陷之际，为了不让自己珍藏多年的墨宝落于他人之手，他竟将所有藏品连同自己的作品付之一炬。

那场熊熊大火，曾令多少人惋惜不已，李从嘉也一直耿耿于怀。若不是那场大火，许多珍品必然能流传于世。那时的李从嘉目光清澈如水，二十岁刚出头的他无论如何也想不到，多年以后，当他面临与梁元帝一样的形势之时，竟也做出了同样的举动。

或许只有真正面临绝望，才知道那种痛彻心扉的感觉，才真正懂得了梁元帝在熊熊大火面前，心中承受着怎样的煎熬。

李从嘉为了保存各方收集来的名家墨宝，特意将这些作品进行了系统的归纳，后来继承大统，还曾特意命翰林学士徐铉将这些墨宝进行编次摹勒精拓，并将拓本命名为《昇元法帖》。《昇元法帖》在书法史上有着重要意义，它比被誉为"历代法帖之祖"的《淳化阁帖》出现的时间还早，而且收藏的作品也非常丰富。

李从嘉对书香的痴迷几近癫狂，每当他得到一幅作品，总要亲自为之撰写题跋，并用朱红色的印泥加盖"内殿图书""内合同印""建业文房之宝""内同文印""集贤殿书院印"等篆文印章，再用墨加盖金印"集贤院御书印"，待到墨干，便用昂贵而精美的丝帛加以装裱，最后用黄经纸鉴帖。后来当了皇帝，他将这些宝贝统一交由后宫保仪黄氏进行保管。然而保存得越是精细，毁灭时也越是无所遗漏。金陵城破时，他命黄氏将那些装裱极尽精美的书画悉数焚毁，任谁都会为之扼腕叹息。

爱武之人，对刀枪剑戟总是爱不释手；喜文之人，对笔墨纸砚更是情有独钟。李从嘉的生活离不开诗词歌赋，对文房四宝自然有着别样的追求。作为一个收藏家，李从嘉所收藏的珍宝当然不仅限于书画，笔墨纸砚更是他所青睐的对象。

南唐富庶繁华，经济的发展大大地促进了文化的发展，各种文化用品也非常考究，其中李廷圭墨、澄心堂纸和龙尾石砚极负盛名，甚至被时人誉为"天下之冠"。而这些珍奇之物，自然也成了李从嘉收藏的对象。同样热衷于文墨的李璟曾在饶州（今江西波阳）、歙州（今安徽歙县）、扬州三地特意设置专门官员督办墨务、砚务和纸务。有了当朝皇帝的大力支持，南唐的制墨业、制砚业以及造纸业得到了迅速的发展。后来李从嘉即位，在父亲的基础上进一步促进了文化产业的发展。虽然李璟、李煜父子在政治上没有什么作为，但不得不说，他们为文化事业以及文化用品事业做出了重要贡献，这种文化高度，是很多帝王所难以企及的。

南唐之笔同样久负盛名，当时很多有名的笔匠都是南唐人，如宣州的诸葛一族，诸葛高、诸葛元、诸葛方更是笔匠中的翘楚。他们的制笔工艺讲究尖、齐、圆、健，宫廷中尤其推崇诸葛笔，周娥皇甚至非诸葛笔不用，还特意为这种笔取名为"点青螺"。

谈到南唐之笔，就不得不谈到南唐之墨。南唐的李廷圭墨与诸葛笔同列，是当时很多文人争相追捧的文房宝物。史载李廷圭墨"落纸如漆，万载存真"，李廷圭家世代制墨，唐朝末年，为了躲避战乱举家迁往新安江畔的徽州（治今安徽歙县）城里。李家的到来，也带来了先进的制墨工艺。

李廷圭墨用料非常考究。该墨以松烟为基本的制造原料，并添加麝香、犀角、冰片、樟脑、珍珠、巴豆等十几味防腐、防蛀、除臭的药物为辅助原料，墨质细腻，并散发淡雅芳香。李廷圭墨不仅质量上乘，在造型与包装上更是匠心独运，有乌玉玦、剑脊龙纹圆饼、双脊鲤鱼、蟠龙弹丸等等，墨锭镌刻着二龙戏珠、海天旭日等精美别致的图案，每一个细节，都渗透着制作者的智慧与用心。

李廷圭原姓奚，因为李从嘉十分喜爱这种墨，便为其赐姓"李"。在那个皇权至上的封建社会，君王赐姓是何等荣耀。在李从嘉的推崇下，李廷圭墨更是声名远播。

李从嘉喜欢用李廷圭墨写字、绘画，而娥皇则点蘸少许用以描眉。宫中女子见状，也纷纷效仿。从此，李廷圭墨不仅备受文人推崇，更成了女人们的宠儿。

时光清浅，流转于缱绻的墨香中。李廷圭墨虽然昂贵，但物有所值，因此经常供不应求，时人以"黄金易得，李墨难获"来形容李廷圭墨，可见其珍贵。李廷圭曾为之赋诗道：

赠尔乌玉玦，泉清砚须洁。

避暑悬葛囊，临风度梅月。

关于李廷圭墨还有很多动人的传说。据传曾有一少年手持李廷圭墨赏荷，清风徐来，一股淡淡的清香沁人心脾，不知是花香，还是墨香。正陶醉时，少年手一滑，那墨锭竟掉落池塘中。若是寻常墨，掉入水中必然化掉了，少年扼腕叹息，以为墨锭已经不存，便离开了。数日后，少年与家人在荷花池旁饮茶，不小心又将一件金器掉入池中。他赶紧叫人打捞，没想到不仅金器打捞了上来，前些天滑入池中的李廷圭墨竟然也被打捞了上来，而且墨质如新，就连芬芳的味道都没有减少。

这个消息不胫而走，人们愈发喜欢李廷圭墨。对于李从嘉来说，光有诸葛笔、李廷圭墨当然远远不够，他书房中的每一件用品都极为考究，纸张、砚台同样如此。

在李从嘉的书房中，永远准备着充足的澄心堂纸。这种纸坚韧细腻、光润吸墨，《徽州府志》中记载："黟歙间多良纸，有凝霜、澄心之号，后者长达五十尺为幅，自首至尾匀薄如一。"纸张的存放不同于笔墨，对环境的要求更高，尤其到了潮湿多雨的季节，纸张很容易受潮。李从嘉为了更好地贮藏澄心堂纸，还专门建了一座"贮纸堂"来存放纸张。后来李从嘉登基，还特意将澄心堂纸规定为宫廷书画专用纸，这更加使澄心堂纸声名远扬。

至于砚台，李从嘉最喜欢的是龙尾石砚。龙尾石砚又称歙砚，与前文所提到的诸葛笔、李廷圭墨、澄心堂纸并称为南唐文房"四宝"。龙尾石砚质地坚韧细腻，不吸水、不耗墨、易洗涤，时人誉之为砚台中的和氏璧。龙尾石砚不仅质地上乘，外观也格外精美，上面雕刻着各种精美的图案，有神龙戏水，有仙猴摘桃，更有丹凤朝阳、青蛙莲叶等等。每一个细节，都渗透着砚工娴熟的刀法。

李从嘉曾收藏过一座罕见的宝石砚山，砚山径长不满一尺，前面参差错落地耸立着手指大小的三十六座奇峰，两侧稍缓，中间平坦处被设计成了砚池，砚山后面，龙尾石天然的金星排成龙尾状，雕琢精细，可谓巧夺天工。李从嘉爱如至宝，甚至为那三十六座"山"挨个取了名字：华盖峰、月岩、翠峦、方坛、玉笋……

后来南唐亡国，这座价值连城的砚山几易其主，最终失去踪迹，令人叹惋。

人间万物，本来也没有什么永恒。年少的李从嘉还不知尘世沧桑，在他身居东宫的那段岁月里，许多美好的年华悄悄沉淀，如同照彻湖底的月光，明朗而澄净。

金错刀

    春风入画，绘成锦绣南唐。虽然李从嘉不喜欢东宫，但是一人之下万人之上的高贵身份却为他热爱的艺术开辟了道路。书香墨雨，氤氲着年少的岁月，与周娥皇的琴瑟和鸣，更令李从嘉迷醉其中。

    周娥皇擅轻歌曼舞，李从嘉擅写诗填词，一个倾国倾城，一个潇洒俊朗，站在一起真如同天造地设的一对璧人。其实，李从嘉除了是一位词人、收藏家，还是一位书法家。

    在书法领域，唐代欧阳询（欧体）、唐代颜真卿（颜体）、唐代柳公权（柳体）、元代赵孟頫（赵体）并称"楷书"四大家，李从嘉少时临摹的便是这四大家之一的柳公权的字。

    书法家们练字也都是从临摹开始的，柳公权曾临摹过王羲之的字体，后来研读了多家书法后，集采众长，自成一家。字迹如同人的脸面，无论是在古代，还是今时。传说柳公权曾入京办理公事，唐穆宗第一次见到他便这样说：朕曾在寺院中见过爱卿之字，早就想见你了。

    柳公权因为一手漂亮的字而受到皇帝的赏识，可见写得一手好字的重要性。

不过，李从嘉临摹柳公权的字并没有一味模仿，他也像柳公权一样博采众长，临摹了多家字迹，如虞世南、欧阳询、褚遂良、薛稷等。在研究了隋唐的书法笔迹后，李从嘉又把目光投向了魏晋的书法家，如钟繇、卫铄、王羲之等人。

经过一番仔细研究，李从嘉的书法技艺突飞猛进。一笔一画，一字一叹，手中的诸葛笔在澄心堂纸上仿佛有了灵气，在龙尾石砚中饱蘸一笔，芬芳的李廷圭墨便绽放朵朵墨花，一幅幅精妙绝伦的书法作品由此诞生。

王羲之曾师从卫夫人，李从嘉对卫夫人的书法也大有兴致，为了勉励自己，他甚至把卫夫人的画像挂在了自己的书房。看到画像，他便觉得浑身充满了力量，每当练字懈怠，他便看一眼画像，懈怠之心便立即消散。

卫夫人，东晋著名女书法家，名卫铄，字茂漪，河东安邑（今山西夏县北）人。她生长在一个书香缭绕的家族，一家人个个都是书法高手。从小她便在父亲的教导下苦练书法，就算练到手软背酸，也乐此不疲。她不仅擅长楷书，在隶书、行书上也很有造诣。传说卫夫人少时经常在门前的池塘清洗笔砚，有一次，她把笔砚放在桶里，然后把桶放进了池塘中，结果池塘里的水都变成了墨色。从此，人们将这个池塘称为"卫夫人洗墨池"。

那些沉淀于红尘深处的故事于无形中影响着李从嘉。他崇拜卫夫人，并经常以她的故事来激励自己。他费尽心力找来了卫夫人的各种笔迹，认真临摹、细细揣摩，加上自己的匠心，他终于自创了一套新的书法笔迹：金错刀。

李从嘉的"金错刀"可谓出神入化，那遒劲有力如刀似竹的笔迹，让人无法想象竟出自一个文弱书生之手。宋人陶谷曾在《清异录》中这样说道："后主善书，作颤笔樛曲之状，遒劲如寒松霜竹，谓之'金错刀'。"《皇宋书录》上也有记载："江南后主书杂说数千言，大字如截竹木，小字如聚针钉，似非笔力所为。"

文人看似文弱，内心却往往有着常人难以想象的狂野。李从嘉写字兴起时，甚至会把笔丢到一边，随手卷起一块布帛来写，如果手边实在没有布帛，他甚至会直接卷起长衫的下摆蘸上墨汁"笔"走龙蛇。那些字生机盎然，每一个笔画都透着深厚的书法功底，人们将其称为"撮襟书"。

李从嘉的书法之妙，不仅为当时人所称颂，在南唐覆灭一百五十多年后，同样热爱书法的宋徽宗赵佶还珍藏着李从嘉的行书墨帖，共计二十四种，包括《淮南子》《义天秤尺记》《浩歌行》《克己处分》《批元奏状》《礼三宝众圣贤仪》《春草赋》《八师经》《宫相诗》《李草堂等诗》《牡丹等诗》《古风诗二》《论道帖》《招贤诗帖》《乐章罗帖》《临江仙》等。

练字是李从嘉每天的必修课之一。他对卫夫人的《笔阵图》大加赞赏，还进行了续写，不过遗憾的是，李从嘉续写的内容早已失传，给后世人留下无限遗憾。他还写过两篇专论书法的文章，即《书述》和《书评》，万幸的是，这两篇文章在轮转的时光中保存了下来。

《书述》堪称书法发展史上的一座里程碑。文章中，李从嘉在自己练字的亲身感受上综合前人的技法对书法理论进行了系统的归纳，并推陈出新，提出了自己独到的观点。他认为，书法风格会随着人的年龄变化而变化，不同的时期、不同的心态，笔法风格也会迥然不同。他还对"拨镫法"进行了论述：

> 昔有七字法（实为八字），谓之拨镫，自卫夫人并钟、王传授于欧、颜、褚、陆等，流于今日。然世人罕知其道者。孤以辛会，得受诲于先王。所谓法者，撅、押、钩、揭、抵、拒、导、送是也。

这是执笔方法。正确执笔是练好书法的前提，这个观点无论是在古代还是当代，都有着重要意义。

他还对这八种执笔法分别进行了详细的阐述：

> 撅者，撅大指骨上节下端，用力欲直，如提千钧；押者，捺食指著中节旁；钩者，钩中指著指尖钩笔，令向下；揭者，揭名指著爪肉之际揭笔，令向上；抵者，名指揭笔，中指抵住；拒者，中指钩笔，名指拒定；导者，小指引名指过右；送者，小指送名指过左。

《书述》既传承了前人的书法要领，又发展了南唐的书法理论，是中国书法史上的一本经典著作，对于书法发展有着重要的研究价值。

《书评》的重要性不亚于《书述》。在这篇作品中，他以独到的视角对历代书法名家的作品进行了精当的品评：

> 善书法者，各得右军之一体。若虞世南得其美韵，而失其俊迈。欧阳询得其力，而失其温秀。褚遂良得其意，而失其变化。薛稷得其清，而失于拘窘。颜真卿得其筋，而失于粗鲁。柳公权得其骨，而失于生犷。徐浩得其肉，而失于俗。李邕得其气，而失于体格。

张旭得其法，而失于狂。献之俱得之，而失于惊急，
无蕴藉态度。

右军即王羲之。他的书法对后世影响深远，甚至后来的
几位著名书法家，都在不知不觉中承袭了王羲之的书法风格。
而李从嘉独具慧眼，在经过长久的研究琢磨后，终于发现了
其中的奥秘，这更彰显了李从嘉深厚的书法乃至文化底蕴。

李从嘉除了是一位词人、收藏家、书法家、书法评论家，
还是一位画家。自古书画不分家，那些赫赫有名的大书法家，
往往也是丹青妙手。李从嘉每年都要外出游历，那些青山碧
水、草长莺飞，每一处风景皆可入画。画卷旁再题上他自创
的"金错刀"字体，整幅画嶙峋有力又不失潇洒飘逸，令观
者有身临其境之感。

李从嘉擅画墨竹，竹子的挺拔傲骨，在他笔下栩栩如生。
后世人看到刚劲的墨竹图，无不喟然长叹：若李从嘉也能有
这墨竹的傲骨，南唐未必那么快就毁于一旦吧。

《宣和画谱》中记载，直到北宋末年，宫中还藏有九幅
李煜的绘画作品：《自在观音相》《云龙风虎图》《柘竹双
禽图》《柘枝寒禽图》《秋枝披霜图》《写生鹌鹑图》《竹
禽图》《色竹图》《棘雀图》。令人遗憾的是，北宋后来亡国，
烽烟战火吞噬了那些灿烂的文化，只给后世人留下无限遗憾。

对那时的李煜来说，"政治"是一个近在咫尺却远在天涯
的词。他不关心百姓是否饥寒，也不关心后周又获得了多少
土地，他关心的，只有笔墨是否足够精良，歌舞是否足够惊
艳。

虽然父亲多次叮嘱李从嘉多关心朝政，但是他对朝政实

在提不起兴趣，时间大多都花在了文学艺术上。而李璟也是个热爱文艺之人，看李从嘉在文艺方面硕果累累，也就不加责备了，这使得李从嘉更加无所顾忌地投身文艺，他以为父亲还健朗，还能坚持很多年，而自己的时间也还有很多，一切都可以慢慢来。然而世事变化无常，就在他忙着风花雪月的时候，南唐正一步步陷入危机。

国 殇

过分的平静往往只是万丈狂澜的表象，南唐虽然经济文化得到了充分的发展，但是军备松弛，加之统治者重文轻武，导致文化力量与军事力量走向了两个极端。

其实，早在后周显德二年（955），北方后周与南唐的矛盾就已经生根发芽。当时后蜀受到北周的进攻，万分危急时，后蜀皇帝孟昶赶紧向北汉和南唐求援，李璟当即同意。从那时起，后周就已经意识到——要想一统天下，南唐是必须扫清的障碍。

在随后的几年中，周世宗柴荣三次亲征南唐，三次皆告捷。

后周显德五年（南唐中兴元年，958），后周第三次进攻南唐，这场进攻可以说是对南唐的致命一击。

当柴荣率领军队渡过淮河抵达濠州西侧时，南唐军竟天真地以为凭借他们的护城河和提前搭好的栅栏一定能守住城池。柴荣亲自率兵发起了猛烈的进攻，没过多久就攻克了濠州的南关城和羊马城，濠州主城内顿时乱作一团。

正值生死存亡之际，柴荣派人前去游说濠州守将郭廷谓，劝他归降后周。一面是死守抗敌的绝望，一面是高官厚禄的诱惑，郭廷谓动摇了。但是他的家人还在南唐，如果自己投降了，家人可能会性命不保。他和柴荣达成了一个秘密的协议——待他派人先回金陵安置好家人，随后便来归降。

濠州告急，李璟也是心急如焚，而此时的李从嘉却还在吟风弄月，与周娥皇赌书泼茶，不能不令人慨叹。

经过多方调度，南唐军集结了数百艘战船前去支援。然而这一批援军还没有正式展开作战，就被柴荣打了个措手不及，五千余人以身殉国，两千余人成了后周的阶下囚。

当时赵匡胤率军攻打泗州城南，并火烧城门，攻破了泗州城的水寨以及月城，为这场战役立下赫赫战功。柴荣登上月城城楼，亲自指挥将士攻城。后周将士备受鼓舞，士气大振，大破南唐军，泗州城守将范再遇见大势已去，干脆举城投降。

为了获得民心，柴荣还特意规定将士们在割柴草时不许割到百姓的庄稼，对百姓不能有半分侵夺。当地百姓久受官吏盘剥，后周军队的仁义之行令他们感激涕零，竟纷纷拿出新粮来犒劳军队。

这是何等的讽刺？南唐的百姓竟在城破时纷纷叫好，所谓的南唐文化盛世，其实也只是存在于贵族之间，百姓的困苦，怎能是王孙公子们几首诗词就能解决得了的呢？

在楚州西北，南唐军在后周军的猛烈攻击下节节败退，一路沿着淮河向东方逃窜，柴荣乘胜追击，赵匡胤为前锋，追了足足六十里，终于俘获了南唐保义节度使陈承昭。自此，南唐在淮河上的所有军事力量已经被清扫干净。

郭廷谓派人回金陵，除了安置家人以外，也是为打探朝中情况，看看是否能增派援兵。他望眼欲穿地等待着，不奢望自己的皇帝能像柴荣一样御驾亲征，只期待能增派援军，解燃眉之急。但最后的结果令他大失所望，使者回来告诉他，金陵城依然歌舞升平，没有丝毫紧张的气氛。

　　最后的希望破灭了，郭廷谓决定投降后周。他让录事参军李廷邹起草降表，但是李廷邹不仅不写，还大骂他不仁不义。一怒之下，郭廷谓杀了李廷邹，然后举城投降。柴荣不费吹灰之力便得到了城中的上万士兵与万斛军粮，这大大地助长了后周的实力。

　　随后，柴荣安抚了郭廷谓，命他率领自己的旧部攻打南唐的天长县。

　　与此同时，柴荣还派遣铁骑左厢都指挥使武守琦率领数百骑兵进攻扬州。扬州守将听说后周军攻来，知道一定抵挡不过，便早早地带着绝大多数城中百姓向南渡江。只剩下十几个无法长途跋涉的老弱病残之人。因此，扬州兵不血刃便为后周所有。这个好消息大大地激励了柴荣及其部下，他们一路势如破竹，很快攻下了泰州、海州等地。

　　为了守住楚州，南唐守将张彦卿与郑昭业苦苦坚持了四十多天。在这四十多天中，他们期待着皇帝能够增派援兵，从最初的希望到后来的失望，再从失望到最后的绝望，那种心情，或许只有已经投降的郭廷谓能够深有体会。张彦卿和郑昭业毕竟不是郭廷谓，他们做不到背弃自己的祖国，更做不到转过身来攻打自己曾深爱的那片热土。因此，当柴荣率领后周的军队杀进城时，他们明知大势已去，还是坚持巷战，直到最后所有的武器都用完了，郑昭业战死，张彦卿深知已是万劫不复，干脆刎颈而亡，他们手下的千余名将士也都是拼命战斗到了最后一刻，没有一个人投降。

那场血战，是南唐历史上最悲痛的一笔。后周军进攻多日终于破城，积蓄了多天的怒火也全部倾泻出来，在杀死了南唐将士后，对城中百姓竟也挥起了屠刀，大肆屠城，城中百姓几乎无人幸免。

然而，当前线的战士们抛头颅、洒热血时，李璟却依然在忙着写诗填词。他在诗词里书写着自己的心焦如焚，现实中却依然无所作为，仿佛战士们的鲜血，只是给他带来了活生生的写作素材。国内政治上，李弘冀还在与李景遂争夺储君之位，朝中大臣随着他们的势力划分成两派，几乎无人顾及后周的进攻。而李从嘉为了表示自己无心政治，更是只专心于文学与佛事，终日与周娥皇沉醉于声色之中，对战事一概不知。

柴荣又率军攻克了泰州、东沛州等地，一路势如破竹，在长江北岸如入无人之境，随时可以南渡进攻金陵。

周军来自北方，其实并不熟悉水战。起初，他们甚至连像样的水战器具都没有，而南唐军生长于水乡，对水战非常熟悉，按理来说，应是占有极大优势的，李璟也曾认为周军一定不能适应水战，很快就能击溃周军。但是柴荣精通战术，既然南唐军熟悉水战，那就就地取材，对捉住的南唐战俘威逼利诱，令其教周军水战之术。每当后周军打败南唐军时，除了活捉战俘，还缴获了很多重要的战利品——南唐战船。这些船舰成了后周进攻南唐的主要器具，柴荣还命人根据其战舰样式快速仿造，很快便造出了一批新的战舰。这样一来，器具与战术的问题便得到了圆满的解决。

李璟远在宫廷，而柴荣身先士卒，同样是国君，柴荣却能御驾亲征，这不仅仅壮大了周军的士气，更令南唐军闻之沮丧。李璟以为柴荣一定不会打到长江，他高估了南唐，也低估了后周。

李璟知道事态的严重性后大惊失色，为了能保住帝位，守住父亲创下的基业，他决定割地求和，便派遣了兵部侍郎陈觉前去与柴荣商议。当陈觉来到长江岸边时，看到布列整齐的战舰不禁惊骇万状，甚至觉得周军是从天而降。他吓得体如筛糠，这些战舰如果要渡江进攻金陵，后果不堪设想。于是他当即向柴荣表示：南唐愿意尽割江北之地，他马上就回去拿皇上的降表。

陈觉回去后向李璟讲述了自己的所见所闻，李璟简直不敢相信。想到长江上后周那整齐的舰队，不禁倒吸一口气，只好将江北剩下的四个州（庐州、舒州、蕲州和黄州）也都割让给后周，两国以长江为界，互不侵扰。

李璟拟好了表文，派遣陈觉奉表面见周世宗柴荣。表文乃是李璟亲自拟写，他那过人的文采竟在这种情况下派上了用场。表文之辞十分哀伤动人，语气也非常低下，毫无皇者风范。

周世宗柴荣看罢非常开心，客气地向陈觉表示：朕本来就是只要你们长江以北的土地，既然你们国主愿意投降，朕还有什么好要求的呢！

柴荣虽然态度谦和，但是决不允许南唐作为一个独立王国与后周并立。他写了一封回复李璟的诏书，诏书上赫然写道：皇帝恭问江南国主。

无须多言，"江南国主"这个称谓，已然表明了柴荣的态度。当李璟看到这个称谓时，虽然有终于结束了战争局面的欣慰，但更多的是丧失皇族尊严的痛苦。虽然柴荣句句客气，但是客气的背后，庞大的野心却如同凛冽的寒风，令李璟不寒而栗。

李璟知道自己该怎样做，才能让柴荣心满意足地退兵。他又拟了一封降表，并按照柴荣的意思自称"江南国主"，正式割让长江以北剩下的四个州，并且许诺每年向后周进贡数十万财物。

既然从此只能是"江南国主"，那么自然也不能有自己的年号。南唐从此奉周正朔，用其纪年，称"显德五年"（958），凡是天子的礼制都降一级，皇帝更名为"李景"，以避周信祖郭璟庙讳。

从此后，李景不再是皇帝，而是比皇帝低一级的国主，史称"南唐中主"，而后来即位的李煜，则史称"李后主"。

周世宗柴荣通过三次亲征南唐，得到了十四个州、六十个县，不仅开拓了疆土，更为北伐契丹创造了有利条件。

也是在这段时间，已经被立为太子的李弘冀毒死了李景遂，没过多久，李弘冀也病逝。接连遭受国与家的重重打击，李景心中的痛苦可想而知。他的身体状况也越来越糟，而23岁的李从嘉却还是沉溺于诗词音乐。李景虽然欣赏他的才华，但是对他的治国能力还是忧心不已。身为父亲，他希望他的从嘉能够独当一面；身为君主，他希望他的继承人能够统领天下，复兴南唐。他将所有的希望寄托在了儿子身上，他希望从嘉能够成为一代贤君，为颓败的南唐带来新的希望。

不过，李从嘉虽然沉溺于文学音乐，但有一件事却让李景看到了希望。在南唐奉后周正朔后不久，后周的兵部侍郎陶谷打着"观摩六朝碑碣、探研书法"的名号出使金陵，实际上是来打探虚实，暗中考察南唐的军防力量，好为日后再次进攻南唐做好准备。

陶谷目中无人，非常狂傲。虽然以往出使南唐的使者也会倨傲一些，但还没有像陶谷这般猖狂的。在见到南唐君臣后，他甚至连笑都没有笑过，无论大家怎样说、怎样做，他始终满脸的不满与不屑。

陶谷的骄横让李从嘉心中很不舒服。晚间，李从嘉前往宰相韩熙载府中，和他商议怎样才能杀一杀陶谷的威风。恰在此时，另一位宰相宋齐秋也到了韩熙载家，并为他们带来了一个重要的消息——陶谷在驿馆的墙壁上题写了十二个字：

西川狗，百姓眼，马包儿，御厨饭。

这十二个字可谓莫名其妙，人们都不知何意，于是驿馆的人将其抄写下来呈给了宋齐秋。宋齐秋很有才学，一看这十二个字，当即明白了其中的意思，便解释道："'西川狗'即蜀犬，是个'独'字；'百姓眼'即民目，是个'眠'字；'马包儿'即爪子，是个'孤'字；'御厨饭'即官食，是个'馆'字。这十二个字说的就是'独眠孤馆'。"

驿馆的人恍然大悟，忙问该如何应对。宋齐秋让他先回驿馆，然后径直去了韩熙载府上，不想正撞见李从嘉。

三人想到一条妙计，既然陶谷在孤馆中寂寞难耐，何不施以"美人计"？韩熙载府上有很多能歌善舞的漂亮家伎，三人定下"美人计"后，韩熙载当即挑选了一名美艳绝伦的家伎，并教了她一些该说的话，让她前往陶谷下榻的驿馆为之侍寝。

不过令人意外的是，这名美艳的家伎竟然没能"收降"陶谷，第二天一大早就被打发回来了，还带回了一封陶谷亲笔的道谢书信。陶谷也算是饱读诗书之人，书信也写得颇为考究。信中只有两句话，对仗非常工整：

巫山之丽质初来，霞飞鸟道；洛浦之妖姬自至，月满鸿沟。

"巫山神女""洛浦妖姬"自然是指这名美貌的家伎，但是"霞飞鸟道""月满鸿沟"为何意呢？韩熙载百思不得其解，于是让夫人向家伎仔细询问。原来，这名家伎非常不巧赶上了月经来潮，自然也无法侍寝。陶谷初见家伎时的惊喜与突然发现其月经来潮的失望可想而知，难怪一大早就把姑娘打发走了。

一计落空，韩熙载与李从嘉又想了一计，两人各自分工行动。宰相韩熙载提出为陶谷调换一处更阔绰舒适的驿馆，而李从嘉则在宫廷教坊中挑选了一位名唤"秦弱兰"的美貌歌姬，并精心调教，让她乔装成驿馆的杂役，每天在那里洒扫庭除，伺机拉陶谷下水。

秦弱兰天生丽质，虽然穿着下等杂役的粗布衣裙，不施粉黛，但那种自内而外的风韵却令见者沉醉，仿若清水出芙蓉，天然去雕饰。陶谷自搬到这所驿馆，便注意到了美若天仙的秦弱兰。

秦弱兰多次在陶谷经过的地方清扫屋院，偶尔还会吟诗唱曲。她低头敛眉，看似漫不经心，其实每一次都是别有用心。而陶谷哪里知道这只是一个温柔的陷阱？看着秦弱兰风姿绰约的背影与俏丽动人的侧颜，他早已一步步深陷其中。

　　这一日，在秦弱兰为陶谷清扫内室时，陶谷终于按捺不住与之攀谈起来。

　　"有劳姑娘终日打扫，不知姑娘何许人也？"陶谷问道。

　　秦弱兰等的就是这一天。她早就准备好了台词，缓缓开口道："小女子家境贫寒，之前许了人家，丈夫勤学苦读一心考取功名，却积劳成疾，英年早逝，奴家只好出来做些杂务，来维持生计。"

　　这样的身世令陶谷心生同情，他想起之前曾见到她独自吟诗，大概是与丈夫学的。他愈发喜欢这个温柔漂亮的姑娘。他当即道："不知姑娘可愿再嫁？"

　　"能再嫁自然是好事，可奴家福薄，只怕不会有人愿意娶奴家。"秦弱兰说着，泪水已经在眼中打转。

　　"姑娘若是不嫌弃，可愿嫁与我做妾室？"陶谷一面说着，一面用贪婪的目光打量着她。

　　"承蒙大人抬爱，若真能追随大人，莫说做妾室，便是做牛马，奴家也心甘情愿的。"秦弱兰泪落如珠，一面窃喜，一面做出感激涕零的样子。而陶谷更是欢喜，以为自己可以抱得美人归了，当晚便同入鸳帐，如胶似漆。

　　第二天一早，天还未亮时，秦弱兰便悄悄起身离开了。陶谷醒来时已是日上三竿，回想起昨夜的风流韵事，他不禁怅然若失。这露水姻缘究竟是好是坏？秦弱兰虽然貌美多情，但她毕竟是南唐人，自己能否真的带她走？陶谷不知道，冷静下来时，又不禁有些为昨夜的冲动后悔。

不过，这种后悔很快就被绵绵不绝的寂寞取代了。他希望秦弱兰能快点再出现，来慰藉心中翻卷的寂寥。黄昏时分，秦弱兰果然再次出现在陶谷面前。经过了一整天的相思煎熬，陶谷早已如饥似渴，立即将秦弱兰抱上床榻……

事后，秦弱兰娇声道："早就仰慕大人文采，不知大人可愿送奴家一份墨宝，待大人离开，奴家也能聊慰相思。"

陶谷哪架得住这样柔情蜜意的央求？见秦弱兰这样知书达理，并没有纠缠自己带她走，更是心生感动，当即欣然提笔，将这段风流韵事填成了一曲《风光好》：

风光好

好因缘，恶因缘，只得邮亭一夜眠。别神仙。

琵琶拨尽相思调，知音少。再把鸾胶续断弦，是何年？

这首《风光好》很快便到了李从嘉手上，李从嘉当即传令教坊排练，并由秦弱兰亲自演唱。

陶谷还以为自己金屋藏娇的事情没有人知道，在李景君臣面前依然狂放倨傲。离开南唐前，李景君臣为其设宴饯别。酒宴之初，陶谷依然是一副盛气凌人的样子，尽管李从嘉等人非常恭敬，但陶谷始终不买账，内侍劝酒，他一律拒绝。

李从嘉见状，便传令早已准备好的歌姬前来劝酒。当陶谷看到劝酒的歌姬时不禁心下一惊，那身着彩裙、头戴珠翠的歌姬竟然是秦弱兰！

直到此时，陶谷才意识到自己所邂逅的"艳福"极有可能是一个陷阱！

陶谷目瞪口呆地看着秦弱兰，而秦弱兰则没事人一样手执檀板，在教坊琴师的伴奏下唱起了那首《风光好》。陶谷如坐针毡，额头上冷汗涔涔。李从嘉和韩熙载看着他这副狼狈相，不禁心中得意。秦弱兰唱完曲子后便和内侍一起轮番向陶谷敬酒，这一次，陶谷无法拒绝，只好一杯接一杯地喝下去，直到酩酊大醉，浑身瘫软，甚至语无伦次、口出秽言，真是丑态百出，全无使者的风范。

随后，醉得不省人事的陶谷被送回驿馆，直到次日才清醒过来。想到昨日的失态，陶谷不禁懊恼不已，但是又不能发作，只好赶紧离开。李从嘉只派了两名小吏送陶谷离开，这种冷落的送行仪式与当初陶谷到来时百官相迎的热烈场面简直别如天壤。

不仅如此，李从嘉还提前派人赶到汴梁，将陶谷在金陵的丑行散布开去，那首《风光好》也成了很多歌伎传唱的曲子。陶谷人还未回汴梁，那则桃色丑闻便已成了人们街头巷尾热议的话题。一时间，陶谷声名狼藉。

对这一切，李景是蒙在鼓里的，他一直不知为何那歌伎唱了一首《风光好》，先前还耀武扬威的陶谷便败下阵来，直到陶谷离开，他才知道其中缘由。一面对从嘉大加赞赏，一面也隐隐担忧。不过无论如何，南唐总算是扳回一局，挽回了些颜面。

第四章

北宋崛起：櫻花落盡春將困

金陵监国

　　人生命运千回百转，许多事情，由不得自己做主。李从嘉或许也明白父亲的期许，只是他早年为了躲避皇长兄的锋芒，已经习惯了"花满渚，酒满瓯，万顷波中得自由"的生活。父亲被迫去掉帝号，他虽然为之难过，却并没觉得怎么样。割掉的那些土地，也没有对他产生直接的影响，因而也并不觉得有多心痛。

　　那时的李从嘉不懂，后周为什么要发动战争呢？两国相安无事，各自有各自的生活，这不是很好吗？他想破了头，也无法理解柴荣为何要进攻自己的国家。

　　江北的土地割给后周后，南唐的都城金陵便直接暴露在后周的视线之下，如果后周再次发动进攻，作为都城的金陵必然首当其冲。于是，李景迁都的念头油然而生。

　　就在李景想着怎样回避后周的锋芒时，后周却发生了一件大事——周世宗柴荣崩殂，其年仅七岁的幼子柴宗训即位。

　　柴荣从南唐凯旋后，又向北伐辽，仅仅四十二天，几乎兵不血刃，便连收三关三州，共十七个县。柴荣本打算乘胜夺取幽州，偏偏在这个时候一病不起，只好班师回朝。回到汴京，柴荣解除了张永德殿前都点检职务，并升赵匡胤为检校太傅、殿前都点检。若是柴荣知道了后来的陈桥兵变，不知这个决定会令他怎样悔恨。

后周显德六年（959）六月十九日，年仅三十九岁的柴荣驾崩，谥曰睿武孝文皇帝，庙号世宗。

彼时柴宗训年仅七岁，虽然继了帝位，并有范质、王溥、魏仁浦三人为相，但毕竟年幼，对朝政之事一概不知。或许从那时起，赵匡胤就已经在预谋政变了。

传说赵匡胤是应后唐明宗李嗣源的祈祷而生的传奇人物。李嗣源勤于治国，有着"小康"之主的美誉。在一次祭祀活动中，李嗣源双手合十，虔诚地向神灵祈祷道："臣本蕃人，岂足治天下！世乱久矣，愿天早生圣人。"

这一番祷告不仅令在场之人皆动容，更是感动天地。没过多久，赵匡胤便在后唐禁军将领赵弘殷家里出生了。

不知道这是后来赵匡胤杜撰的，还是真有其事。古人看重天命，但凡新政权的建立者都会有一些神秘的传说。那些传说经过民间百姓口耳相传，让大家从心里觉得这个皇帝是名正言顺的。

听闻后周的政治形势有变，南唐君臣们长出了一口气。他们以为柴荣去世，最大的威胁便不复存在，七岁的孩子又能成什么气候呢？李景为此欣慰不已，迁都的计划便也就不再提了。李从嘉得知柴荣去世，更加毫无顾忌地沉浸于诗词创作中。

然而南唐君臣们还没欢喜多久，北方便又传来一个惊人的消息——赵匡胤发动了陈桥兵变，以"宋"取代了后周，史称"北宋"。

公元 960 年正月初一，汴京城内盛传契丹联合北汉南下攻周，范质、王溥、魏仁浦三人未辨消息真伪，慌忙派遣殿前都点检赵匡胤率军北上御敌。军队行至陈桥驿，众将夜晚休息时商议拥立赵匡胤为帝，并将一件提前准备好的黄袍披在了赵匡胤的身上。

事实上，这一系列的事情是赵匡胤早已策划好的。他装成极不情愿的样子，被大家拥戴着回了汴京，而所谓的"契丹军"竟然也撤军了。京城守将石守信、王审琦得知赵匡胤兵变成功，大开城门迎接赵匡胤入城。随后，幼帝柴宗训被迫禅位，赵匡胤即位后改国号为"宋"，仍然定都汴京。

这次改朝换代，可以说是历史上的一次奇迹。赵匡胤几乎兵不血刃便拿下了汴京城，地方守将听闻消息后也基本拥立赵匡胤。唯一遗憾的是，韩通得知赵匡胤发动政变，赶紧准备调遣军队予以抗击，但还没来得及调动军队，王彦升便杀掉了他，连同他的家人也没能幸免。赵匡胤对此一直耿耿于怀，对王彦升也始终心怀不满，而王彦升也因此事终生没能当上节度使。

赵匡胤在入城前曾多次严明军纪，禁止将士侵扰百姓，后周臣子若能归降一律重赏，对后周太后及幼帝柴宗训务必恭谨，并赐柴氏"丹书铁券"（俗称免死金牌），保证柴氏子孙永享富贵，即便犯罪也不得加刑。

这些举措，都大大地安定了民心，相对七岁幼帝，人们自然更愿意拥立一位有勇有谋的成年人为皇帝。

南唐的李景君臣得知赵匡胤篡位，除了震惊之外，更多的是害怕。柴荣三次征讨南唐时，赵匡胤曾多次立下战功，可谓所向披靡，如今赵匡胤竟然成了皇帝，他们愈发感到惶恐。

为了能讨好这位皇帝，李景赶紧派遣使者带上厚礼前去朝贡，表示愿意尊赵匡胤为帝，并且会年年向北宋朝贡。

其实纵观历史，这正是李景恢复帝号、摆脱北宋压制的好时期。若是李景能把握时机恢复帝号，不再尊奉北宋，励精图治、加强军备，后来的锦绣江山将会属于谁也犹未可知。

自北宋建国，南唐每年都要向北宋朝贡，岁费以万计。李景为儿子从嘉开了个坏头，南唐以后的岁月再也无法摆脱北宋，只能唯唯诺诺，成为北宋的一个附属国。

北宋建国后，南唐迁都的问题又重新提上了议程。北宋建隆二年（961）二月，李景正式册封二十五岁的李从嘉为太子，并迁都洪州（今南昌），留太子在金陵监国。

李从嘉受父亲之命在金陵监国，他虽然不喜政治，但深知父亲对他的期望，也知道国家刚刚遭受的重创。少年心有凌云志，此时的李从嘉多么希望能用自己的力量兴国安邦，让国家强大起来。

便是怀着这样一份壮志，李从嘉开始慢慢接管南唐。虽然李景迁都至洪州，但金陵依然是南唐的心脏，外国使节前来，也依然会到金陵。

南唐的颓势已经无可挽回。迁都后的李景自知愧对父亲，在洪州终日写诗填词，来排遣心中的抑郁，身体状况也愈发糟糕。他将南唐复兴的希望完全寄托在了儿子身上，他期待着天生帝相的从嘉能够收复山河，雪洗前耻。

难逃宿命

阳光倾泻，如同锦缎般铺于大地，将世间万物都镀上了一层金光。每天的太阳依旧升起，而南唐的太阳却日益西沉。

李景君臣抵达洪州后，才知金陵的富庶繁华。洪州不仅城市狭小，而且道路狭窄，很多路甚至连大一点儿的马车都无法通行，皇宫及朝廷各机构难以安置，生活环境与基础设施与金陵相去甚远。虽然之前朝臣们也都同意迁都，但是面对此情此景，不禁都心生怨言，李景起初还稍感心安，但还没安顿几天，问题便层出不穷，也不禁后悔起来。又想到自己亲手毁掉了祖宗基业，心中更加痛苦。万念俱灰的李景从此不理朝政，一味写诗填词。

当一个人没有了精神支柱，身体也往往会迅速垮掉。李景渐渐病入膏肓，御医们也都束手无策。洪州的生活条件远远不如金陵，众臣提议，不如奉国主回金陵，也好将养身体，李景也欣然同意。

然而，他们还没来得及启程，北宋建隆二年（961）六月，四十六岁的中主李景便带着无限惆怅与不甘永远地闭上了眼睛。而此时，距离他迁都洪州仅仅四个月。临终前，李景亲书遗诏要求薄葬：留葬西山，累土数尺为坟。

不过，生性恭孝的李从嘉怎么会为父亲薄葬呢？当他得知父亲去世的消息后失声痛哭，他以为父亲还能为自己抵挡北宋的锋芒，没想到与父亲那一别，竟成了永诀。最后，李从嘉没有遵从父亲的遗诏，为父亲进行了厚葬。

北宋建隆二年（961）七月二十九日，李从嘉在金陵即位，并更名为"煜"，字重光。"煜"意味着光明照耀，出自西汉扬雄的《太玄·元告》："日以煜乎旦，月以煜乎夜。"他希望能用这新取的名字照耀臣民，复兴南唐。

然而，李煜真的能像名字寓意的那样光耀四方吗？在他即位的最初，确实也心怀天下，想要做一个好皇帝，完成父亲的遗愿，收整山河，重振江山。

即位的那天，南唐皇宫前高高地竖起了一根朱红色的七丈长杆，杆顶是一只象征着皇权的木制金鸡，金鸡以黄金装饰，口衔七尺绛幡，下面以彩盘相承，并用朱红色的绳子紧紧维系。

这是皇帝即位的惯例，也是一种礼数，只有皇帝即位时才有这样的规制。然而南唐早已被撤销了帝号，当政者只能称为"国主"，因此当李煜举行登基大典的"金鸡消息"传到赵匡胤耳中时，赵匡胤不禁勃然大怒。李煜竟敢用天子的礼节来继承国主之位，这不是僭越是什么？在他看来，天下只能有他一个皇帝，南唐既然已经归降，就应该安安分分地用自己国主的礼数，一切象征着皇权的礼数，都应该降级举行。他决不允许南唐这块已经入口的肥肉再逃走，为了给李煜一个下马威，他怒不可遏地传来了南唐常驻汴梁的进奏使眭昭符，将满腔愤怒一股脑地发泄到了眭昭符身上，厉声责备其国主竟胆大包天，敢用皇帝即位的礼节。

眭昭符本名眭匡符，因为避赵匡胤的讳而改成了眭昭符。他于后晋天福七年（942）考取了南唐进士，南唐保大元年（943）开始担任常州刺史，因其处事机敏又胆识过人，后来被派到汴梁担任进奏使。他忠肝义胆又足智多谋，多次凭借其过人的才智化解南唐危机。如果没有眭昭符的从中斡旋，或许赵匡胤的铁蹄早就踏进了金陵城。

彼时眭昭符看着暴怒的赵匡胤，他心中又是惊骇，又是愤恨。国主即位的礼节竟然都要管，堂堂南唐，还有什么事情是有自主权的呢？但无论怎样愤恨，他都只能压在心里，此时此刻，如果自己言语失当，必然会给南唐招致祸患，如果赵匡胤以此为借口发兵南唐，南唐则危矣！

眭昭符赶紧辩解："恳请陛下息怒。我江南国只是中原的小小属国，怎敢动用金鸡之礼呢？我国主登基，算不得'金鸡消息'，充其量也就是'怪鸟消息'罢了。"

人在屋檐下，不得不低头。虽然这样说有损南唐威严，但是与国家安全相比，这又算什么呢？眭昭符的这番解释让赵匡胤很是受用，当即转怒为笑，一场风波就此化解。

李煜得知后不禁一阵阵后怕，想到宋国的兵强马壮，想到以前与宋国交战时的种种惨败，李煜不禁战栗不已。没想到刚刚即位，就被宋国来了个当头棒喝。习惯了温柔富贵乡的温软，习惯了书香墨雨的柔情，这个初尝人世艰险的君王不禁心中惶恐。他不知道这个国主之位能坐多久，唯恐有一天，赵匡胤会率大军攻来。为了能安稳度日，李煜决定好好地向宋国表表忠心，告诉他们南唐对宋国是绝对臣服的，只要他们不伤害自己就好。

想到此，李煜赶紧来到书房命人磨墨铺纸，然后亲笔写下了一篇诚诚恳恳的《即位上宋太祖表》：

> 臣本于诸子，实愧非才。自出胶庠，心疏利禄。被父兄之荫育，乐日月以优游。思追巢、许之馀尘，远慕夷、齐之高义。既倾恳恫，上告先君，固非虚词，人多知者。徒以伯仲继没，次第推迁。先世谓臣克习义方，既长且嫡，俾司国事，遽易年华。及乎暂赴豫章，留居建业，正储副之位，分监抚之权。惧弗克堪，常深自励。不谓奄丁艰罚，遂玷缵承。因顾肯堂，不敢灭性。

> 然念先世君临江表，垂二十年，中间务在倦勤，将思释负。臣亡兄文献太子从冀，将从内禅，已决宿心。而世宗敦劝既深，议言因息。及陛下显膺帝箓，弥笃睿情，方誓子孙，仰酬临照，则臣向于脱屣，亦匪邀名。既嗣宗祊，敢忘负荷。惟坚臣节，上奉天朝。若曰稍易初心，辄萌异志，岂独不遵于祖祢，实当受谴于神明。方主一国之生灵，遐赖九天之覆焘。况陛下怀柔义广，煦妪仁深，必假清光，更逾曩日。远凭帝力，下抚旧邦，克获宴安，得从康泰。

> 然所虑者，吴越国邻于敝土，近似深仇，犹恐辄向封疆，或生纷扰。臣即自严部曲，终不先有侵渔，免结衅嫌，挠干旒扆。仍虑巧肆如簧之舌，仰成投杼之疑。曲构异端，潜行诡道。愿回鉴烛，显谕是非。庶使远臣，得安危恳。

这篇表文言辞恳请，又文采飞扬。他还特意表示了一下自己成为国主的无奈："徒以伯仲继没，次第推迁。"他以"臣"的口吻一再强调，自己只是一个普普通通的皇子，一心只想像先贤巢父、许由、伯夷、叔齐那样归隐山林，与世无争，做一个遁世隐者。然而世事弄人，由于父兄皆殁，他没有办法才被推到这个位置上来。子承父业，既然已经即位，那么他只能争取做一个好国主，抚慰一方生灵。同时，李煜也表示了自己的忧虑："然所虑者，吴越国邻于敝土。"此前，吴越国与南唐多有摩擦，因此总要时刻提防吴越国。之所以要提一下与吴越国的矛盾，李煜无非是想告诉赵匡胤，我们南唐与吴越国向来不和，决不会与其结成联盟共同对抗宋国。他希望赵匡胤一定要相信自己对大宋的忠心，千万不要听信谗言而猜忌他。在表文的最后，他近乎哀求地写道："庶使远臣，得安危恳。"他想要的，只有太平安稳。

其实归根结底，李煜想要表达的只有一个意思：我们南唐忠于宋国，求求大宋不要攻打我们。

在赵匡胤看来，攻下南唐只是早晚的事。既然南唐现在这么听话，他便可以放心地去攻打他国了。等将其他国家各个击破，再来收拾南唐也不迟。

写完这篇表文后，李煜赶紧派中书侍郎冯延鲁携带金器两千两、银器二万两、纱罗绢丝三万匹，将这些财物一起进贡给宋国。

终于求得了暂时的安稳，李煜长出了一口气。

即位后，李煜尊母亲钟氏为圣尊后，立周娥皇为国后，史称大周后（与后来的小周后区分）。同时，李煜还派遣使者告哀于宋，请求为父亲追复帝号。反正只是一个逝者的称号，赵匡胤"仁慈"地同意了李煜的请求。这令李煜感激涕零。细想起来，这是何等讽刺！如今为李景追尊谥号，竟还要经过北宋的同意。

李煜天性仁善，又兼懦弱胆小，自然要对宗主国——北宋恭恭敬敬，除了每年的朝贡，每到逢年过节，或者北宋出师大捷，或者其他喜事，李煜都会进献厚礼，小心周到地侍奉赵匡胤。他天真地希望能用这种办法来感动赵匡胤，只要能保住南唐的半壁江山，只要北宋不对南唐发动战争，他便觉得知足了。

或许这便是宿命。对于那个高高在上的位子，李煜曾经无限畏惧，甚至抗拒。今时今日，当父亲撒手人寰，他知道自己该长大了。或许人的成长，便是能够心安理得地接受自己曾经不喜欢的事物。此时的李煜正雄心勃勃，希望能安抚惶惶人心，更希望能复兴南唐。

新主宏愿

灞桥青柳，摇曳人间多少离合。当李煜身不由己地坐上龙椅，一场注定以悲剧结局的命运已徐徐展开。那时李煜与娥皇已经育有一子，李煜为其取名"仲寓"。即位没多久，娥皇又诞下次子，取名"仲宣"。

这两个孩子是他们爱情的结晶，也是这个小小家庭乃至整个南唐的新希望。两个孩子很好地继承了父母横溢的才华，不仅聪明伶俐，又知书达理，小小年纪便能与大人们侃侃而谈。

李煜尤爱次子仲宣，这个小家伙三岁时已经能通读《孝经》，甚至能过目不忘。李仲宣对音乐也格外有兴趣，每当宫中的乐师开始演奏，他总要认认真真地辨听、学习。起初人们还以为小家伙只是好奇，但是渐渐地竟发现，李仲宣竟然无师自通，已经能凭借曲调分辨五音，甚至还在用稚嫩的童声随着曲调哼唱。

如果这只是一个普通人家，父慈母爱、幼儿聪颖，该是怎样幸福的一家？然而李煜偏偏生在帝王家，偏偏又成了南唐的国主。

北宋建隆三年（962）七月二十九日，句容尉张佖上书，李煜看后非常感动，亲自写下了批语："朕必善初而思终，卿无今直而后佞。"随后，李煜感其诚恳征其为监察御史。

在李煜即位之初，南唐朝野中弥漫着一股悲观颓丧的气息。李煜立志要振兴南唐，找回南唐昔日的繁盛。他重用旧臣，封军功累累的何敬洙为右卫上将军、芮国公，后来何敬洙因病去世，李煜特意下令废朝三日，以示哀悼。他还重用早在杨吴时代就投奔江南的韩熙载、闽将林仁肇、皇甫赟之子皇甫继勋等人。就连在淮南战事中弃扬州化装逃跑的冯延鲁，李煜也礼遇有加。为了能选拔更多的人才，他还大兴科举，极力重视选拔人才的公正与公平。

李煜虽然很想做个好皇帝，但奈何资质不足，更何况，他的兴趣本来也不在治国上。当他那股立志复兴南唐的热度退去后，便又回到了自己的温柔富贵乡中，终日与诗酒美人相伴。所谓的"宏愿"，只不过是即位之初的三分钟热度而已。

没有哪个皇帝天生就愿意做昏君，就像没有哪个人生来就愿意做坏人。即位之初，李煜是真的很想做一名贤君的。当时的南唐表象上看起来依旧繁华，但经历多次战争，繁华已经成了荒凉的表象。更何况，北宋对南唐始终虎视眈眈，对于赵匡胤来说，一统天下是他长久以来的夙愿，无论是谁阻挡了统一的脚步，他都不会手下留情。

虽然李煜和赵匡胤成为国君的时间相隔不久，但两个人接手的国家现状却截然不同。柴荣在世时，曾对后周进行了大刀阔斧的改革，不仅整顿军事、奖励生产，还南征北战，先后取得了后蜀阶、成、秦、凤四州和南唐江淮地区十四州，北攻契丹，收复莫、瀛、易三州十七县。赵匡胤夺得政权时，虽然是将后周改旗易帜成了北宋，但是国家实力是只增无减的。而李煜接手的南唐，不仅被褫夺了帝号，还要年年向北宋进贡，国库空虚，朝廷吏治腐败。李景在世时提拔人才，往往只看重其文学修养，对治国才能并不重视，这也成了南唐朝廷的致命弱点。

南唐与北宋，形成了鲜明的对比。南唐国库空虚，而国库里的钱主要是取之于民，为了能充盈国库，南唐只好加收各种赋税，甚至到后来，就连百姓家鹅生双蛋、柳条结絮都要收税。简直荒唐至极。

李煜对军事、政治可谓一窍不通，而聚集在他身边的，也多是只会舞文弄墨之人，他们在文学的世界里惺惺相惜，家国天下仅仅是他们的写作素材而已。

公元963年的十一月，北宋改元乾德，南唐也随之用"乾德"纪年。从此后，每当北宋使节前来时，李煜都会命人撤掉房顶的鸱吻，等到北宋使节离开后再命人将其安装上。

"鸱吻"是上古神话中的神兽，据说是龙所生之九子中的第九子。它喜欢吞火（因此能避火灾），形状像四脚蛇剪掉了尾巴，又喜欢到处张望，《太平御览》中有这样描述："唐会要曰：汉柏梁殿灾后，越巫言，'海中有虬鱼，尾似鸱，激浪即降雨'，遂作其象于屋，以厌火祥。"因此，古代皇家将其装饰在建筑屋脊正脊两端，这是皇权的象征，平民百姓家就算再富裕，也绝不敢由此装饰。李煜为了表示对北宋的臣服，也算是费尽心思了。

第五章

风月无声：蓬莱院闭天台女

重按霓裳歌遍彻

　　笙箫含情,吹尽绝代芳华。周娥皇如同袅娜盛开的幽兰,她的美貌,她的才情,她的一颦一笑,皆令李煜沉醉不已。她为李煜带来了源源不断的创作灵感,一篇篇绮丽唯美的诗词佳作于心底缱绻生成,著名的《浣溪沙》便是其中之一:

浣溪沙

　　红日已高三丈透,金炉次第添香兽。红锦地衣随步

皱。

　　佳人舞点金钗溜,酒恶时拈花蕊嗅。别殿遥闻箫鼓

奏。

　　韩愈曾在《荆潭唱和诗序》中有云:"和平之音淡薄,而愁思之声要妙;欢愉之辞难工,而穷苦之言易好。"细想起来,那些传唱千古的篇章正应了这个道理。越是悲情,越能激发一个人的创作灵感,而幸福欢愉之时,却不容易写出好文章,所以不知愁的少年却为赋新词强说愁。而李煜不仅能将穷苦之言写到精妙绝伦,更能将欢愉之辞写到举世无双。

《浣溪沙》是李煜生活的真实写照，更是身处温柔富贵乡中最直接的真情流露。想必前一天夜里，他定是与周娥皇把酒言欢直至深夜，因此直到红日三丈高才起床。睁开眼睛，便见金色的阳光从雕花的窗户透进来，伴着沁人心脾的香气铺了满地。

　　他的一天，是从午后开始的。饭后稍作休息，便开始了笙箫吹断水云间的生活。娥皇精通音律、工于歌舞，微醉的她面色绯红，在笙箫旋律中翩跹起舞，裙裾飞扬，金钗从发髻上悄然滑落。一曲舞罢，她手拈鲜花，放在鼻下轻轻一嗅，那份妖娆妩媚，令李煜惊为天人。

　　"酒恶"即"酒醉"，是当时金陵的方言。李煜不用"酒醉"而用"酒恶"，使这首词更显得活泼动人，娥皇娇美可爱的形象更呼之欲出，也昭显了他驾驭文辞的强大功底。

　　李煜与娥皇都醉心于音律，若得到好曲子，必定会马上组织宫娥彩女排练。他们有一个遗憾，那便是盛唐时期久负盛名的《霓裳羽衣曲》的失传。遥想当年，唐玄宗写下这支曲子后颇为自得，并亲自教梨园弟子演奏，杨贵妃随着宛若天籁的乐曲翩跹起舞。那乐曲中沉淀着大唐的锦绣江山，也寄托着唐玄宗的无限情思。白居易看过这场歌舞后不禁赞叹道：千歌万舞不可数，就中最爱霓裳舞。

　　忽一日，娥皇在宫中藏书阁中寻书时，竟意外地发现了《霓裳羽衣曲》的残谱，虽然谱子零落不全，但大致还能看懂。娥皇惊喜万分，将那份残谱誊抄下来，然后仔细揣摩那些残缺之处，按照自己对音律的理解，竟将残缺处悉数补出。不过，她也按照自己的想法对曲子做了一点儿修改。

李煜对这件事的惊喜不亚于娥皇。他愈发疼爱她、欣赏她，眼底流露着无尽的温柔。曲谱完整后，他们便开始组织宫娥彩女排练，数日后，这支已经失传了一百多年的曲子终于重见天日。

为了与大家分享这份喜悦，李煜特意选了个好日子邀请王公大臣同来欣赏。那一夜，宫女们都换上了漂亮的衣裙，画好了精致的妆容。当一切准备就绪，她们鱼贯而出，在众人的无限期许中，在缓缓奏响的乐曲声中，轻展腰肢，尽情舞蹈。

那一刻，笙箫声仿若冲上云霄，令空中盘旋的彩云为之凝固，人们仿佛在歌舞声中进入了一个虚幻的世界，所有人都为之震撼，为之沉醉。

然而，当众人皆醉之时，也有一个独醒之人，那便是徐铉。

徐铉虽然没有见过一百多年的《霓裳羽衣曲》，但对这支名曲的节奏还是非常了解的。曲子展现的是太平盛世的景象，原曲结尾时节奏应该是比较缓慢的，但是他眼前的这支曲子在结尾处的节奏却非常快，让人有一种有始无终的不祥之感。他悄悄地询问了一下乐工曹生，但是曹生既不敢实话实说，也不能一点儿不说，因为他心中也有所疑虑，便只告诉他的确是有人改动了一下，顺便发了句牢骚：旧谱实缓，宫中有人易之，非吉征也。（陆游《南唐书》）

显然，这个"有人"必然是娥皇了。虽然曹生说得很隐晦，但徐铉何等聪明，只要话中一点，他已经了然于心。

曲终，舞止，众人都不禁击节叹赏，没有人提出异议，而徐铉却隐隐觉得，这只怕不是什么好兆头。后来，他曾在一首送别友人的诗中忧心忡忡地写道：此是开元太平曲，莫教偏作别离声。

徐铉的诗一语成谶。那种离别声，不仅仅是自己与友人之别，更是李煜与娥皇之别，乃至身为国君的李煜与南唐的无限江山之别。

不过，那是后话，此时的李煜已然沉醉在对乐曲的回味与众人的赞美中。

众人散去后，李煜心生诗意，填了一首《玉楼春》，将《霓裳羽衣曲》的盛况记录下来：

玉楼春

晚妆初了明肌雪，春殿嫔娥鱼贯列。笙箫吹断水云间，重按霓裳歌遍彻。

临春谁更飘香屑？醉拍阑干情味切。归时休放烛花红，待踏马蹄清夜月。

文字的背后，我们似乎依然能看见千年前那场美轮美奂的歌舞。周娥皇看见这首词后微微一笑，她认为下阕中的"临春谁更飘香屑"与上阕中的"春殿嫔娥鱼贯列"的"春"字重了，若把下阕的"春"改为"风"，才是最好，这样既能避免重复，又与后面的"飘"字相呼应。

李煜大呼绝妙，当即将"临春"改成了"临风"，于是流传于世的《玉楼春》的下阕首句便成了"临风谁更飘香屑"。虽然只是一字之差，但是意境与结构却更加精妙。

人生中最幸福的，莫过于心上人便是眼前人。那些年轻歌曼舞的时光，如同潺潺流水，滋养着李煜的无限诗情。或许对他来说，人生中所经历的一切酸甜苦辣都是一场历练，只为成就他那些绵亘于青史的诗文绝唱。

　　对于国家，李煜觉得只要维持现状便好。他不关心赵匡胤又夺得了多少土地，也不关心北宋的军事力量已经多么强大，他觉得，只要自己臣服于宋国，每年向其进贡大量财宝，便可以高枕无忧，继续过自己醉生梦死的生活。

　　当李煜沉浸在缠绵悱恻的爱情与柔情似水的歌舞中时，赵匡胤却在汴梁大练水军。无论李煜对他多么恭谨，他都知道，要想完成统一大业，灭掉南唐是迟早的事。柴荣在世时，他随柴荣三次出征南唐，虽然整体来说还算顺利，但他也深知，南唐水军占据着得天独厚的优势，终究不可小觑。北方士兵大多不习水性，要想战胜南唐水军，他必须操练一支精锐的水军。

　　然而汴梁地处内陆，虽然有河流经过，但相对于长江来说犹如天壤之别。为了能达到更好的演习效果，赵匡胤下令开凿河渠，令战士严格操练。

　　赵匡胤的办法可谓绝妙，这不仅为后来大大小小的水战打下了胜利的基础，更加快了北宋统一的步伐。

　　李煜对这些一无所知。监察御史张宪得到情报后，赶紧向李煜进行了一番谏言，言辞颇为激烈。他觉得，哪怕因此而惹恼了国主也无所谓，只要国主能醒悟过来。然而他错了，李煜并不曾迷惑，也无谈醒悟。他始终都知道自己应该怎样做，只是做不到而已。他也想像昔日的皇兄李弘冀那样饱读兵书、驰骋疆场，也想以天下大事为重，将最爱的诗词歌赋与歌舞音乐永远埋藏，但他做不到。兴趣是一种奇怪的东西，它可以是暗夜里的火炬，给人以光明和希望；也可以是塞壬的歌声，让人无限沉沦，走向万劫不复的歧途。

李煜对张宪的冒死进谏非常感动。历朝历代的君主，无论是贤明的还是昏聩的，其实都喜欢忠心耿耿又才能杰出的臣子。李煜深知张宪所言极是，因此连连应承，并赏赐张宪三十匹锦帛，还在朝臣面前极力赞许了他。张宪一时间荣宠备至，他以为国主一定能重新开始，起初还倍感欣慰，但是时间一天天过去，国主却依然我行我素，没有因为他的谏言做出任何改变。

张宪从最初的希望变成了失望，最后变成了绝望。李煜依然醉生梦死，那份言辞激烈的奏疏渐渐隐没在岁月的尘埃里。对于政治，他实在提不起兴趣。金陵城的花开了又落，若时光能永远停留在彼时，或许也不失为一种美好。只是人生沉浮，越是美好的时光，越是倥偬易逝。

伫自肩如削，难胜数缕绦

有人说，如果李煜预知了最后的命运，或许会把精力放在政治上，而非那些无关紧要的文学与爱情上。事实上，按照李煜的性格，若真的能预知将来，他大概会更加珍惜短暂的幸福，更加全身心地投入到诗词创作与对爱情的享受中去。

《霓裳羽衣曲》被重新编排后，李煜经常命宫女演练这支曲子。娥皇有一把琵琶，名曰"烧槽"，是前些年李璟寿辰时得到的赏赐。那时的南唐还是一派国泰民安景象，李璟还是皇帝，而不是矮人一头的国主。那次寿宴上，皇妃、王妃们都纷纷献上祝福，或歌或舞，李璟非常高兴。娥皇自幼弹得一手好琵琶，那次寿宴上，她一边弹奏琵琶，一边轻展歌喉，一支弹唱曲宛若天籁，加之倾城容颜，更是让众宾客惊为天人。李璟格外高兴，命人取了宫中珍藏多年的稀世珍品——烧槽琵琶来赏赐给了娥皇。

据传"烧槽琵琶"就是历史上久负盛名的焦尾琴。焦尾琴与齐桓公的"号钟"、楚庄王的"绕梁"、司马相如的"绿绮"并称为"四大名琴"。据传，焦尾琴乃是东汉著名文学家蔡邕发明的，他曾于烈火中抢救出一段尚未烧完的梧桐木，便请有名的技师依据木头的长短、形状，做成了一把琴。由于梧桐木被火烧过，做成琴后琴尾依然留有焦痕，故名曰"焦尾"。当蔡邕的手指第一次触到焦尾的琴弦时，他被那天籁般的音色深深震撼了。从此，焦尾琴名扬天下，成了人们求之不得的珍宝。

不过顾名思义，"烧槽琵琶"是为琵琶，而"焦尾琴"则为七弦瑶琴，应是两种乐器。据陆游所著的《南唐书·昭惠后传》中记载：(周娥皇) 通书史，善歌舞，尤工琵琶。尝为寿元宗前，元宗叹其工，以烧槽琵琶赐之。

当时李璟所赐的定然是琵琶，而非瑶琴。至于为什么有人说烧槽琵琶就是焦尾琴，大概是因为焦尾琴同属于南唐皇室，而烧槽琵琶的来历与前文提到的焦尾琴的来历如出一辙，连故事的主人公都是同一个人——蔡邕。难道是蔡邕从火中抢救出来的梧桐木做了一把瑶琴后还有剩余，又做了一把琵琶？这也犹未可知，亦或许，这"琴"与"琵琶"本就是同一把乐器。

中主李璟的性情与李煜非常相像，除了热衷于诗词书画之外，还喜欢收藏各种奇珍异宝，烧槽琵琶是他珍藏多年的宝物，很多人只是听说过，却从未见过。那一天的寿宴，娥皇喜得至宝，便即兴用烧槽琵琶弹奏了一曲，大开眼界的众宾客纷纷喝彩。

从那以后，娥皇更加沉醉于曲艺之中，弹奏琵琶的技艺愈发炉火纯青。每当李煜填完一首新词，她马上便能一边弹奏琵琶一边唱出来，声音婉转，令闻者心醉。在复原了失传多年的《霓裳羽衣曲》后，娥皇更是常常用烧槽琵琶演奏这支曲子，曼妙的琴音配上倾世绝伦的曲子，令人如至仙阙。

有一次李煜回宫，远远地便听见有琵琶声远远传来，动听的旋律里，他仿佛已经看到娥皇的纤纤玉指落在琵琶弦上，一串串美妙悦耳的声音如花瓣一样绽放在她的指尖上。不过，当李煜进门时，娥皇的曲子却刚好弹完。李煜在心中无限回味，果真是余音绕梁，令人三月不识肉味。娥皇一曲弹罢，便低头研究谱子了，乌黑的长发垂到肩膀上，眼睫纤长，宛若临尘的仙子。

刚刚听到的美曲与眼前的美人，让李煜顿生灵感。他拿起笔，随手在琵琶背面留下了两句诗：

> 侁自肩如削，难胜数缕绦。

墨渍微香，一笔一画都透露着甜蜜的气息。娥皇非常喜欢这句诗，写上去的终究难以久留，她命人找了能工巧匠来将这首诗按照李煜的笔体刻在了琵琶背上。这两句是李煜一时灵感之作，其实是一首未竟绝句，李煜一直想着把后两句补充出来，想了一些，总觉得不满意，便一直搁置了。遗憾的是，直到多年后娥皇去世，李煜才将其补全，是为"天香留凤尾，余暖在檀槽"。

娥皇既是后宫之主，又是南唐国母，千万女子都以娥皇为楷模。她天生丽质，在穿着打扮上也别有一番风格，可以说是引领着南唐当时的社会风尚。她喜欢高高的发髻，但是自己的头发毕竟有限，全部梳成发髻，依然达不到想要的高度。于是她用假发做成高高的发髻，发髻上斜插翠翘，鬓角再别上一枚漂亮的花作为装饰，这样一来，发髻便显得格外漂亮。其他女子见到后非常艳羡，便争相效仿。这样的发髻成了当时的流行妆，那些爱美的小姐贵妇们非常喜欢。

"高髻"为娥皇所发明，不过用假发来装饰自己的发髻，并非娥皇首创。早在春秋战国时期，社会上层的贵族女子就已经在用假发来装扮自己的发髻了，此后的历朝历代，这种现象都很普遍。假发的来源主要有二：第一是从接受髡刑的罪犯头上剃下来的，第二是贫家女子将自己的长发剪下来卖掉。唐朝民风开放，女子社会地位高于其他历史时期，很多贵族女子甚至拥有好几顶假发。

除了引领了发型的风尚，娥皇还发明了一种被称为"纤裳"的裙子。南唐女子的服饰与唐朝时期相去无几，唐朝时期女子以丰腴为美，衣裙也比较宽松。不过到南唐时期，以丰腴为美的审美标准已经渐渐过时。娥皇身材娇小，那种宽松的襦裙穿起来显不出苗条的身段。因此，她亲操刀尺，为自己裁制了一件贴身的改良襦裙。这种纤裳腰间紧束腰带，完美地呈现出了女子窈窕的身姿。

娥皇发明的纤裳，很快成了南唐的新风尚。先是后宫中的女子争相效仿，朝臣们偶然见到后回到家中也让妻妾女儿们穿上纤裳，很快，民间女子也穿上了这种能凸显腰肢的纤裳。

这种装束让李煜眼前一亮，他觉得身材纤瘦的女子更漂亮，而纤裳恰到好处地凸显了女子的娇柔之美。后宫中有一位名叫窅娘的宫嫔，身材纤瘦，能歌善舞，见娥皇穿上纤裳非常漂亮，也裁制了一身合身的纤裳。李煜不经意间见到她，随口便称赞了几句。

能够得到国主的称赞，该是怎样的荣耀？李煜为人和善，又俊朗多才，后宫中的女子都非常爱慕他。这种爱慕，不仅仅是因为他尊贵的国主身份，更多的是一种发自内心的喜欢。她们为李煜的才华所折服，只要能每天看到他，便已心满意足，若能偶尔与他说上一句话，便能开心许多天。

窅娘得到李煜称赞后非常开心，愈发苦练舞蹈，希望有朝一日能得到国主的赏爱。李煜早就听说南朝齐的萧宝卷非常宠爱妃子潘玉儿，潘玉儿身材窈窕，舞技精湛，萧宝卷特意命人为她用金片做成了几朵金莲花，让她在金莲上起舞。潘妃踩着那金莲花翩跹起舞，观者无不陶醉，人们称那曼妙的舞姿为"步步生莲花"。

李煜只是有耳闻，但从未亲眼见过那样美妙的场景，耳闻不如目睹，他也很想尝试一下，便也命人制作了一朵金莲花舞台。但是由谁来舞呢？莲花舞台高有六尺，片片花瓣非常逼真，花瓣上不能站立，只有小巧的花蕊可以站立，踩上去站稳已经很不容易，再翩翩起舞，是非常困难的，就连能歌善舞的娥皇也不敢轻易尝试。

为了能博得国主的欢心，窅娘自告奋勇站了出来。不过她需要时间排练，便承诺国主一个月后在宴会上献金莲舞。

金莲花舞台比窅娘想象的还要小，稍不留神，就会从莲花上跌落下去。为了能更好地施展舞技，她想到了一个绝妙的方法——用布帛将脚缠裹起来，这样就可以用脚尖点着莲花起舞了。小脚缠裹之后，脚背上形成了一个弧度，宛如新月，愈发窈窕生姿。

一个月的时间很快过去了，窅娘已经能娴熟地在莲花舞台上婀娜起舞了。宴会那天，李煜邀请了很多朝臣来观看，大家也都听说过潘玉儿步步生莲花的倾城之美，却不曾亲眼见到。如今竟能仰仗国主亲眼一见，无不满心期待。

　　当众人看到窅娘那纤小的脚在金莲舞台上翩翩起舞时，都惊艳不已。窅娘那双紧裹的脚似乎只有三寸，如同蝴蝶的触角般在金莲上起起落落，彩裙翩翩，发髻高耸，连头上的翠翘也鲜活起来。一曲舞罢，众人纷纷叫好，而李煜早已看得如痴如醉。随后，他重重赏赐了窅娘。而众人早已被窅娘那“三寸金莲”所迷倒，回家后竟也要求妻妾女儿像窅娘那样裹起脚来。

　　参加宴会的人中有一位名叫唐镐的臣子，还特意为此赋诗道：莲中花更好，云里月常新。

　　李煜的后宫中不乏佳丽，但李煜一直独宠大周后，其他女子几乎毫无机会，为了能够让李煜多看自己一眼，许多女子也是费尽心机。见窅娘大出风头，其他妃嫔也都效仿窅娘裹起脚来。她们忍着疼痛，将一双玉足裹成“三寸金莲”，以求得到李煜的垂爱。

　　窅娘裹脚，本是为了舞蹈时达到更好的效果，却不料成了中国封建社会女性裹脚的始作俑者。她为舞蹈艺术而献身的精神本该被歌颂，却不承想到，世人以为只要有了那双小巧玲珑的脚，就可以成为美的化身，就能像她一样博得满堂喝彩。

　　窅娘只是想跳好这支舞蹈，竟意外地被后世人当成了缠足的始作俑者，这是她始料未及的。宋人更是把缠足普遍化，为了能拥有一双小巧的脚，女孩子不得不在未成年时就开始裹脚，至成年时，双脚已经完全畸变，那精致的绣鞋里面，不知裹扎着多少痛苦。

有人作诗讽刺：

一弯新月上莲花，妙舞轻盈散绮霞。

亡国君王新设计，足缠天下女儿家。

诗中把李煜当成三寸金莲的祸源，这有些牵强，不过李煜也算"我不杀伯仁，伯仁因我而死"了。人们还为裹脚的程度做了等级之分：三寸小脚为金莲，四寸则为银莲，大于四寸的就被称为铁莲。三寸金莲是那些贵族豪门女子梦寐以求的目标，因为一双小脚的重要性，不亚于一张漂亮的脸蛋。当然，也只有那些贵族女子才能缠足，因为她们基本不用做什么工作，只需把自己打扮得漂漂亮亮的，相夫教子就可以了。民间贫苦女子虽然也认为小脚漂亮，但是如果裹小脚就无法工作，走起路来都会颠来簸去的。所以，裹脚在古代社会里始终都是贵族女性的专利。

元末明初陶宗仪在《南村辍耕录·缠足》中记载："《道山新闻》云：（南唐）李后主宫嫔窅娘，纤丽善舞。后主作金莲，高六尺，饰以宝物、细带、璎珞，莲中作品色瑞莲。令窅娘以帛绕脚，令纤小，屈上作新月状，素袜舞云中，回旋，有凌云之态。……由是人皆效之，以纤弓为妙。以此知扎脚自五代以来方为之，如熙宁、元丰以前犹为者少。近年则人人相效，以不为者为耻也。"

裹脚成了封建社会的一大陋习，也扭曲了那个时代的审美。窅娘虽然凭借一支金莲舞名噪一时，但毕竟不能与娥皇相提并论。在李煜心中，无论其他女子怎样明艳动人，都不及娥皇的温柔蕴藉。而娥皇也任凭窅娘出尽风头，从无嫉妒之心，因为她知道，窅娘再美，对自己也构不成威胁。

　　温软江南，从来不缺少美女和才女，南唐的后宫中更是美女如云。除了窅娘，还有一位姓黄的绝世美人（即前文中所提到的为李煜保管书画宝物并在亡国时奉命焚书的保仪黄氏）。黄氏本是将门之女，父亲黄守忠曾在楚国军中任职，在一场南唐与楚国的战役中，黄守忠战死，他的女儿也成了南唐军的俘虏。天生丽质的黄氏被当作战利品送给了李煜，李煜见她才貌出众，对她也常常另眼相看。

　　按理说，黄氏身为楚国人，父亲被南唐将士杀死，对李煜应是满心仇恨的。这个冰雪聪明的姑娘也曾想过为父亲报仇，但是当她见到李煜，见到这个温柔又富有才情的男子，却无论如何也恨不起来。她无可救药地爱上了他，这一生，只想守候在他身边，什么家仇国恨，在心爱人的面前，什么都不重要了。

　　黄氏写得一手漂亮的书法，李煜得空也会亲自指点一二，黄氏对他愈发迷恋。后宫之中从来不缺少美女，但是兼具美貌与才华的并不多。李煜将自己那些心爱的书画珍宝都交给黄氏去保管，并且封她为"保仪"。

　　对黄保仪，李煜更多的是敬重。而周娥皇的态度依然是放任，她从李煜的眼神中就知道，这个才貌双全的黄保仪对自己依然是没有威胁的。

李煜与周娥皇，真是天造地设的一对璧人。他们互敬互爱，既相互依偎，又彼此钦佩，或许，这便是世上最好的爱情了吧。

天教长少年

　　李煜与娥皇举案齐眉，不要说有着国主和国后的身份，即便他们只是平凡夫妻，也要羡煞旁人。

　　有一次金陵大雪，漫天的雪花飘了整整一天，入夜时依然没有停下来。那样的雪夜里，寻常百姓家早已入睡，而南唐的后宫依然灯火通明，亮如白昼。

　　娥皇喝了些酒，面颊微红，她像一只轻飘飘的蝴蝶一样来到李煜面前，邀请他与自己一起跳舞。李煜看着她不胜酒力的样子笑道："你若能创作一支新曲，朕便与你同舞。"

　　娥皇闻言抿嘴一笑，当即命人铺纸磨墨，一边哼唱着曲调，一边挥毫书写曲谱，"笔无停思，俄顷谱成，所谓邀醉舞破也。"（陆游《南唐书·昭惠后传》）这曲《邀醉舞破》一经谱成，便深受时人喜爱，甚至达到了与《霓裳羽衣曲》并驾齐驱的程度。除了这支曲子，娥皇还写过一曲《恨来迟破》，同样久负盛名，是不可多得的妙曲。

　　统治者的爱好会对整个国家产生深刻的影响，国主与国后笃爱音乐艺术，国家便成了一座艺术的殿堂。然而在那个烽烟四起的年代，歌舞只是粉饰太平的工具，在刀光剑影面前，总是脆弱得不堪一击。当李煜沉溺于享乐中时，北宋的铁蹄又收降了新的土地。

或许是天妒红颜，北宋乾德二年（964）的深秋，娥皇忽然觉得身体不适，起初还没在意，以为过些天就好了，却没想到越来越严重，宫中御医诊断后也说不出个所以然。

那一年周娥皇刚刚二十九岁。她与李煜相知相守整整十年，这十年是李煜人生中最美好的时光。在李煜心中，娥皇是无可替代的，他不知道，如果没有娥皇，他以后的人生将如何面对。看着病榻上的娥皇，李煜急坏了，眼看着心爱的人一天天羸弱下去，身为国主，却连心爱的人都无法保护，他第一次感觉到什么是力不从心的绝望。

为了能让娥皇早日康复，李煜衣不解带地守在娥皇病榻前，就连侍女给娥皇送来的汤药，他也要亲自尝过之后才一口口喂给娥皇吃。他守了许多个日夜，累了就伏在旁边小憩，醒了就双手合十地祈祷。那份虔诚，让娥皇万分感动。

娥皇的病情还是没有好转。李煜想起了许多与娥皇在一起的美好过往，他多么希望能回到从前，多么希望娥皇能赶快好起来。她是南唐的国后，更是他心爱的妻子，更是此生的红颜知己。她就像庭前玉树般美丽玲珑，又像镜边瑶草般婀娜多姿。入夜时分，他望着天上的明月，想起多年前冯延巳写给父亲的"三愿如同梁上燕，岁岁常相见"，于是提起笔，为娥皇填了一首满是希冀的词：

> 玉树后庭前，瑶草妆镜边。去年花不老，今年月又圆。莫教偏，和月和花，天教长少年。

字里行间，满是李煜发自内心的祈祷。他希望能把一切美好的事物都留住，一句"天教长少年"道出了心中的多少期许。

李煜为了照顾娥皇，一连很多天都没有上朝。当朝臣知道国主是为了国后而废寝忘食时，不禁心生怨言，甚至有人跑到李煜的母亲圣尊后（其父名泰章，因讳"泰"字谐音而不称她为皇太后）钟氏面前去告状。圣尊后作为娥皇的婆婆，虽然没有指责过娥皇什么，但看到娥皇不仅没有引导李煜专心理政，还和他一起沉溺于歌舞音乐之中，早就心生不满。现在又有人来告状，更是觉得娥皇是红颜祸水，甚至巴不得娥皇能早日死去，让儿子重新立后。

这世上没有人会是十全十美的，也没有人能做到让所有人都喜欢自己。但凡亡国之君，总要有那么一两个背负着"红颜祸水"之名的女子为其背锅。其实泱泱盛世，又怎能是一个弱女子能够毁掉的呢？

娥皇病重的消息传开后，最着急的要数国丈周家了。周娥皇有个小妹妹，名嘉敏，字女英，年方十五岁。她听说姐姐病重，心中也非常焦虑，便在家人支持下进宫去探望姐姐。

在周女英出现之前，李煜以为这一生都不会再爱上别人。然而当他看到十五岁的周女英时，已经二十八岁的李煜竟忽然觉得心跳在加速。十五岁的周女英活泼可爱，见到李煜后按照之前家人的叮嘱，恭敬地拜伏在地。按照规制，她应该称呼他为"国主"才对，但是这个天真无邪的小姑娘竟还是像以前一样叫了一声"国主姐夫"。

李煜也不在意，亲自搀她起来，温和的手掌搭触到了她白嫩的手指，四目相对间，两人都有怦然心动的感觉。

如果不是姐姐生病，周女英也不会进宫来探望，或许很快就会嫁个门当户对的人家，从此平安喜乐，也不失为一种幸福。偏偏是在这个时候，在这样花一般的年纪里，她遇见了他，从此一生的命运都将改写。

周女英入宫后先拜见了国主李煜，接着又去拜见了圣尊后。对于周女英来说，皇宫并不陌生。她从小就曾和母亲一起进宫看望姐姐，又因为乖巧可爱、天资聪慧，非常得圣尊后的欢心。而周娥皇与李煜过于甜腻，圣尊后早已心生不满，倒是对这个活泼伶俐的妹妹喜爱有加。

此前，李煜与周女英也见过几次面，不过李煜一直把她当作小妹妹来看待，从未有过非分之想。而这一次，当亭亭玉立的周女英出现在他面前，尤其是在周娥皇已经生病许久、他满腔的艺术才情无处施展的情况下，李煜对她竟有了一种异样的感觉。

那种缠绵的情愫如同三月繁花，一经阳光的点缀，便如火如荼地绽放开来。周娥皇虽然貌美，但岁月不饶人，已经二十九岁的她再美也抵不过十五岁的妹妹。周女英顾盼生姿，清纯的笑靥漾开了李煜郁结多日的愁绪。在她身上，李煜仿佛看见了十年前的娥皇，甚至比十年前的娥皇还要美，还要动人。

从来只有新人笑，有谁听见旧人哭。病重的娥皇，还不知道小妹的到来，更不知道曾许诺独宠自己一人的李煜，竟无可救药地爱上了自己的亲妹妹。世事难料，一切都是变化的，哪有什么千年不变的诺言呢？李煜的那句"天教长少年"最终未能如愿，若是如愿了，只怕也未必会让三个人都美满吧。

第六章

黄泉碧落：最是人间留不住

看花莫待花枝老

  周女英入宫后，李煜将她安置在瑶光殿别院的一座幽静的画堂中。皇宫中的美景，圣尊后的疼爱，以及情窦初开的甜蜜，将这个十五岁的少女心中的忧虑渐渐冲淡。她几乎忘了入宫的初衷，几乎忘了病榻上的姐姐。虽然每天都能看到李煜，但时时刻刻最想见到的，依然是李煜。

  周女英入宫后，李煜陪伴娥皇的时间明显少了许多。娥皇以为他是在处理政务，也没有放在心上，反而有了些许安慰。这一天中午，李煜照顾完娥皇后径直前往画堂去看望周女英。彼时秋意正浓，枫叶如同红彤彤的朝霞，映着李煜心中的无限相思。有许多叶子已经落在了地上，厚厚的一层，阳光懒洋洋地铺在叶片上，竟让寒凉的深秋平添了几缕暖意。

  画堂外面有两名宫女，见到国主前来，赶紧上前迎驾，刚要张口，李煜却摆摆手，示意她们不要说话，然后也不让人通报，径直进了画堂。

  周女英用过午膳后正在午睡，对李煜的到来浑然不知。她只穿了一件轻透的睡衣，被子只盖到腹部，一头乌黑的长发随意地挽着两个发髻，有一些零散的发丝垂在枕畔。她腹部的被子随着呼吸一起一伏，胸颈的肌肤莹白如雪，透过薄薄的睡衣，竟隐隐地看得见凝脂般的肌肤。

画堂里寂静无声，淡淡的香气缭绕在堂内，分不清是少女独有的体香，还是室内点燃的熏香。李煜看了一眼床上的少女，顿觉魂不守舍。他理性地告诉自己，这是妻妹，不可以有非分之想，但是内心翻卷的狂澜，依然无法停息。他的目光穿过珠帘，情不自禁地落在她的面庞上，便再也不愿移开。他轻轻地走过来，想走到床边去，却不小心碰到了珠帘，发出了一些声响，而睡梦中的女英也忽然惊醒。

睁开眼睛，便看到国主姐夫正站在珠帘外脉脉深情地看着自己，不禁吓了一跳，赶紧坐起身来施礼。而珠帘外的李煜却有些尴尬，好像是故意跑过来偷窥一般，只好尴尬地笑了笑：此处没有外人，小妹不必拘礼。

看着这个英气逼人的男子就站在珠帘外，十五岁的女英有些羞涩，面颊绯红。而她越是这样，李煜越是迷恋不已。她起身到屏风后面换了一身绿色衣裙，从屏风后面款款走出时，李煜越发看得痴了。

周女英虽然刚刚十五岁，却已经熟谙文史，其才华甚至在姐姐之上。她谈吐风雅，不仅有着大家闺秀的气质，又有着寻常女子所不具备的风度。与她聊得多了，李煜竟深深为之折服，才发现这个小妹不仅是貌若倾城，更有着倾世之才。

李煜忽然想起曾有人说自己是大舜再生，因为舜也是一目重瞳子。舜娶了一对姐妹——娥皇和女英，姐妹俩共侍一夫，非常亲密。而周家在为两个女儿取名字时，大概也是想借用古人的典故，却没想到两个女儿竟然真的会与历史上的娥皇、女英拥有相似的命运。李煜有意引导着女英谈起这个典故，女英面露羞色，而李煜愈发为之沦陷。

难道眼前的小妹，是上天赐给他的女英吗？李煜在心中一遍遍问自己。此时的他几乎忘了，周娥皇还在病榻上，还对他满心期许。

李煜在画堂与周女英聊了许久，晚上一起用过晚膳，才回了自己宫中。以往回来，他第一件事便是看望周娥皇，而这一次，他却直奔书房，乘兴填了一首《菩萨蛮》：

菩萨蛮

蓬莱院闭天台女，画堂昼寝人无语。抛枕翠云光，绣衣闻异香。

潜来珠锁动，惊觉银屏梦。脸慢笑盈盈，相看无限情。

写罢此词，仿佛是怕被人发现一样，李煜赶紧派人给住在画堂的周女英送了过去。坐在桌前，他仿佛又看见了那个午睡的少女，想到历史上娥皇女英的故事，不禁又浮想联翩。这首词，算是对她的表白了吧？一句"相看无限情"，已经道出了他心中所有的眷念与迷恋。

周女英冰雪聪明，正是情窦初开的年纪，一看这首词，便立即读懂了李煜的心思。他们相差十四岁，但是年龄永远不会成为爱情的阻隔。周女英想到了李煜有意无意提起的娥皇女英的典故，不禁又羞红了脸。

初恋的美好，如同三月花开，那团团锦簇的色彩里氤氲着青春萌动的芬芳，心田里满是甜甜的味道。她开始思念他，开始无比期待他的到来。这个未经世事的女孩子已然忘记了进宫的最初目的，她却不知，正是这份不合时宜的恋情，将会使她已经病重的姐姐周娥皇雪上加霜，甚至最后的死亡，都与此密切相关。而这一生的遗憾与悲剧，正在此刻的甜蜜中悄然酝酿。

李煜也同样期待着与周女英见面，但是两个人身份有别，碍于礼法，毕竟不能总是腻在一起。为了能有更多的共处时光，已经好久没办宴会的李煜竟命人举办了一场宴会，并特意安排周女英来参加。而此时的娥皇，正如同一朵渐渐枯萎的花，甚至连心爱的烧槽琵琶都拿不动了。

周女英得知将有一场宴会后开心极了，在得知消息的那一刻就在想着该怎样装扮自己。她向来喜欢绿色，很多衣裙饰品都是绿色的。她选了一条浅绿色的纤裳，上身搭一件鹅黄色的窄袖小衣，将窈窕的身姿完全彰显出来，轻移莲步，好一个曼妙身子。

宴会那天，宫娥彩女随着音乐翩翩起舞，然而无论多么美丽的女子，在周女英面前都黯然失色。此时的李煜，眼里、心里都只有她一个人。周女英和姐姐一样，也是个多才多艺的女子，她不仅能歌善舞，还会吹奏笙。这种乐器由铜簧和寒竹做成，吹奏时要手指配合。在宴会上，周女英应李煜之邀，演奏了一首笙曲。她的纤纤玉指在笙上轻巧移动，天籁般的乐声便悠扬而出，众宾客都听得如痴如醉。

李煜将目光从她的手指上挪到脸上，正与她那双顾盼生姿的眸子相遇。那双活泼灵动的眼睛，如同一汪清澈的湖水，让李煜深陷其中，无法自拔。李煜痴痴地看着她，而周女英却面色绯红，羞涩地低下头，一双秋水般的眸子也低垂下来，像一朵娇羞袅娜的兰花。

而她越是这样，李煜越是迷恋不已。那乐曲注入了爱情的甜蜜，愈发婉转动人。一曲终了，众人都击节叫好。他们目光中流露出的对彼此的爱意，众人又怎会不知呢？有人为娥皇暗自叹惋，有人为国主觅得佳人欢喜，更有阿谀奉承之辈，竟悄悄劝李煜直接将周女英纳入后宫。

对于众人的反应，李煜只是淡然一笑。周女英端起酒杯向他敬酒，皓腕如玉，在浅绿色纤裳的衬托下愈显娇美。美人劝酒，李煜满怀欣喜地一饮而尽。然后他又回敬她一杯，就这样你一杯、我一杯，两人一边对饮，一边畅聊，从诗词歌赋到天文地理，从人情世故到古今奇谈，无论谈到哪个话题，两人都有说不完的话。

宴席上离不开音乐，更少不了游戏。文人雅士聚会时，游戏往往也是文雅的。不过，酒宴上的游戏玩得多了，往往也没什么新意了，大家提了几个游戏，李煜都觉得没什么新意。此时女英想到了一个游戏法子：羯鼓催诗，即按照羯鼓的鼓点写诗，一曲终了时，要完成一首诗。

这个提议得到了大家的认可。这种玩法出自"羯鼓催花"的典故，羯鼓本是胡人乐器，两面蒙皮，腰部较细。相传唐玄宗十分喜欢羯鼓，有一次在内廷一面击鼓奏乐，一面写了一曲《春光好》。当时正赶上庭中杏花竞相开放，唐玄宗笑着说道："此一事，不唤我作天公可乎？"

人们盛赞周女英冰雪聪明。按照这种方法，大家轮番写起诗来。羯鼓曲演奏了一支又一支，大家的诗也写了许多，有人写不出来，便自愿罚酒。

李煜才华横溢，当然不会写不出诗来。虽然当时已是十一月，但李煜却觉得如同置身于春天的盛景之中。轮到他时，他随着羯鼓的鼓点写了一首意味深长的《子夜歌》：

子夜歌

寻春须是先春早，看花莫待花枝老。缥色玉柔擎，醅浮盏面清。

何妨频笑粲，禁苑春归晚。同醉与闲评，诗随羯鼓成。

春天易逝，正如人的韶华难以停留一样。春天过去还会再来，而人的青春一旦逝去，便只能成为永远的追忆。一句"寻春须是先春早"，道出了李煜心中的无限期许，他希望能把握大好年华，与心爱的姑娘共同谱写一曲美满的篇章。"看花莫待花枝老"，他在提醒她，如果相爱，就大胆地在一起，还在乎那些世俗教条干什么呢？不要等到春去花落时才追悔莫及，人生短暂，不如及时行乐。他回想着周女英刚刚向自己劝酒的景象——皓腕如雪，酒色泛青，映着她娇艳如花的面容，那一瞬的美好，已经在他心中定格为永恒。

词的下片，则是宴会情景的再现。他们无拘无束地玩乐，在浓烈的酒香中醉意朦胧。羯鼓敲响时，诗句如同灼灼桃花般绽放，那些唯美的句子，点缀了盛大的酒宴，更点缀了彼时快乐而美好的生活。

这首词可谓字字精妙，大家盛赞不已。而此时周女英的心中已经印下了那句"寻春须是先春早，看花莫待花枝老"，她恨不得马上拥入他的怀抱，向他倾诉心中绵绵的爱意。不过，他们毕竟身份不同，碍于礼法，她只能努力克制着心中汹涌的情感。当她看到李煜的妃嫔在他旁边劝酒时，心中不由得难过——自己算什么呢？只是妹妹罢了，这份爱意，究竟要藏到何时呢？她越想越难过，于是起身离席，一个人悄悄转了出去。

李煜表面上与人饮酒作乐，其实目光从未离开女英，见女英忽然离席，赶紧也跟了出去。离开喧哗的酒宴，女英觉得耳中安静了许多。忽然听得身后有脚步声，回头看时，不禁又惊又喜——那个令她日思夜念的人，此时此刻，竟然就站在她的身旁！刚刚的难过，一瞬间便全部转变成了喜悦。她再也顾不得那些礼节，当即扑进他的怀里，久久不愿放开，口中呢喃着李煜刚写的那句"寻春须是先春早，看花莫待花枝老"。

李煜感动不已，这么可爱的女孩子，任是谁见了都会沦陷吧。他带女英到了另一个宫室，那房间里的摆设非常精致，空气里弥漫着淡淡的香气。关上门的那一刻，他再也难以抑制心中奔涌的情感，一个个热烈而深情的吻落在了女英的额头上、面颊上、朱唇上、脖颈上……

两人彼此倾慕许久，终于在这一刻放下所有牵绊，迈出了更大胆的一步。他在她的耳畔承诺：朕一定会娶你入宫，让你和你姐姐一样正大光明地嫁给朕。

他们缠绵许久，才整理衣衫回到宴席中。而宴席上依然热闹纷纷，大家羯鼓催诗、劝酒行令，似乎没有人发现他们的离席。李煜和女英相视一笑，各自入席。

酒宴一直到深夜才散去，女英回到住处，想起白天的那一幕，依然觉得面红耳赤。揽镜自照，脖颈上似乎还留有他淡淡的吻痕。既然已经以身相许，这一生，她便只属于他一人。

越是岑寂如水的夜里，她越会肆无忌惮地思念他，幻想与他在一起的种种情景。闭上眼睛，便能看到那张温柔而俊朗的面庞。而李煜又何尝不是如此呢？他回味着与女英在一起的每一个细节，她的活泼，她的羞涩，她的才情，乃至她娇柔的喘息。执笔铺纸，他将这一天的美好用一首香艳的词记录了下来：

菩萨蛮

铜簧韵脆锵寒竹，新声慢奏移纤玉。眼色暗相钩，秋波横欲流。

雨云深绣户，未便谐衷素。宴罢又成空，魂迷春梦中。

在词中，他回想着女英手执竹笙吹奏的情景，她的眸子宛若秋水，让他深陷其中。而离席的那段时间，则是他们最快活的二人时光，一句"雨云深绣户，未便谐衷素"更是给人以色而不淫之感，能将偷情写得如此美妙，大概也只有词帝李煜了。宴席之后，他们不得不再次分别，一个"空"字写出了他的无限失落，漫漫长夜，他只能在梦中守候心爱的姑娘了。

尝到了禁果的滋味，他们对彼此的思恋愈发狂热。然而碍于身份限制，娥皇又重病在榻，他们不能正大光明地相会，只能悄悄地相见。即便白天见了面，两人也要遵守礼节，在一起时仅限于聊天饮酒，所有浓烈的爱意，只能在缱绻辞章中表达。

或许，越是这种"偷偷摸摸"的地下恋情，越是让李煜感到新鲜刺激。那些对他百依百顺的妃嫔虽然不乏才情，但总觉得少了些什么，娥皇身染重病，自然不能满足他在身体与心灵上的慰藉，而周女英恰恰填补了这个空缺。

两人在一起欢爱甜蜜时，或许也曾有过对娥皇的愧疚，只是这爱太浓烈，让他们忘记了伦理纲常。唐朝时期民风开放，就连四纪为天子的唐玄宗也曾不顾礼法，将自己的儿媳杨玉环纳入后宫。南唐虽然不是正宗的李唐王朝，但社会风尚还是传承于唐代的。因此，李煜爱上娥皇的亲妹妹，也就不足为奇了。

女英本是想去看望姐姐的，但是与李煜的恋情一发不可收，她迟迟不敢面对姐姐，唯恐遭到姐姐的痛斥。而李煜则不以为然，他多次用历史上娥皇女英的故事安慰她：古时娥皇女英共侍一夫，姐妹俩泰然相处，娥皇从未嫉妒女英，你的姐姐自然也不会嫉妒你的。

有了李煜的安慰，女英也就越发大胆起来。有一次，李煜和周女英约定夜半时分在画堂南畔的移风殿私会。那一天，周女英无比期待太阳快快落下去，天还没黑的时候，就装扮得漂漂亮亮的，只等到约定时间到移风殿去与情郎相会。听着更漏声，周女英无比心焦，终于到了约定的时辰，她小心翼翼地走出画堂，轻轻掩上门，然后快速向移风殿跑去。然而刚跑了两步，她就赶紧停了下来——已是深夜，她的脚步声太大了，尽管已经很小心，但是在夜色里，那声音竟如此清晰！周女英吓得花容失色，慌乱中赶紧脱下脚上的金缕鞋，用手提着鞋子向移风殿跑去。

她心中满是紧张与期待，这短短的路程，此刻竟像是变成了千里之遥！月光朗朗，石板路上像是铺了一地银霜。终于到了移风殿，李煜早已等在那里，见到他的那一刻，她终于安了心，甜甜地偎进李煜怀里。

她还没有从刚刚那种紧张的情绪中走出来，说起话来，声音还在微微发抖。李煜看着她手提金缕鞋的可爱模样，愈发疼爱不已。

她呢喃着向他诉苦：奴家这一路吓得魂儿都要飞了，姑娘家跑出来和男人私会，这要是被家父知道，还不得打断奴家的腿！你可要好好疼爱奴家，可不要辜负了奴家的一片痴情！

那一夜，他们忘记了彼此的身份。他不再是高高在上的国主，而她，也不再是妻妹，他们只是一对彼此相爱的男女，和世间所有的普通恋人一样，只想相依相伴，永不分开。

第二天清早，两人依依不舍地分别，各自重归寂寞，期待着下一次相见。李煜已经多日不上早朝，对娥皇的关心也大不如前。离开移风殿后，他信步去了澄心堂。女英的可爱模样完完全全烙印在他心中，她撒娇的样子、皱眉的样子、微笑的样子，每一种表情，都在他心中刻成了永恒。来到书案前，李煜磨墨铺纸，填了一首著名的《菩萨蛮》：

菩萨蛮

花明月暗笼轻雾，今宵好向郎边去。刬袜步香阶，手提金缕鞋。

画堂南畔见，一向偎人颤。奴为出来难，教君恣意怜。

这首词采用白描的手法，将少女偷会情郎的场面刻画得格外逼真，全词不加雕琢，却给人以真实生动之感。在那个封建社会，未婚女子私会情郎被看作一种羞耻，但是李煜却别具匠心，将少女的纯情与娇嗔悉数入词，即便是在教条严苛的封建社会，人们读过这首词，对词中描画的少女无论如何也恨不起来，反倒是觉得可爱。

那句"奴为出来难，教君恣意怜"，使得周女英的可爱形象传承千年。简单的词句，彰显了李煜驾驭文字的强大功底，就像茅暎在《词的》卷一中对这首词的评价："竟不是作词，恍如对话矣。"

这一场幽会，在《菩萨蛮》中流传下来，后世人往往对此津津乐道。这场不合时宜的爱情开始得荒唐，此时的甜蜜，正是后来痛苦的酝酿。

玉笥犹残药，香奁已染尘

　　笑与泪，如同一对并蒂花盛开于茫茫尘世。欢喜时，总有不为人知的泪在悄悄流淌，当李煜与周女英如胶似漆时，娥皇的病正日渐加重。

　　李煜每次填完新词后都会马上让宫女演唱，几乎每首词都能成为当时的流行歌曲。周娥皇虽然久病，但头脑还是清醒的。她听见宫女在唱李煜的新词，听到了"寻春须是先春早，看花莫待花枝老"，听到了"雨云深绣户，未便谐衷素"，更听到了"奴为出来难，教君恣意怜"。那些香艳的词句，不能不令她心中起疑。她以为李煜近日忙于政事，所以很少有时间来陪她，本来还为李煜感到欣慰，但得知李煜新填了这么多香艳的词，便知道一定有新人陪在他身边。

　　以往，无论是怎样的女子出现在他身边，她都不曾有过危机感，因为她深知李煜喜欢什么样的女子。她以为这世上不会再有第二个人像她这样懂得他的心思，能够陪伴他琴瑟和鸣，相爱相敬。但是此刻，她分明嗅到了一种危机的味道，她甚至想会一会这个女子，那个能够取代自己的女子，该是怎样的魅惑动人？

直到有一天，她忽然觉得门口有人在偷偷往里看。娥皇起身下床，那人竟转身欲走，娥皇赶紧命侍女将那人拦住。娥皇仔细一看，竟是自己的亲妹妹，周女英！

　　还蒙在鼓里的娥皇又惊又喜，拉着妹妹的手问她是何日进宫的。

　　周女英自觉愧对姐姐，未谙世事的她又不懂说谎，便实话实说道：已经入宫多日了。

　　这一句如同一记闷雷炸响在娥皇的胸口。联想到多日来李煜的古怪，加上他那些香艳的词作，她忽然明白了妹妹与李煜之间的秘密。女人的直觉总是很灵敏，李煜身边也曾出现过许多莺莺燕燕，但是她从未有过危机感，因为她知道，那些女子，不会对她构成任何威胁。然而当自己的亲妹妹站在眼前时，她却觉得遭遇了最严重的挑战，而且自己在妹妹面前，几乎没有任何优势，因为她所有的，妹妹全都有，而妹妹所拥有的——年轻、健康，这些她都不具备。

　　想到这些天李煜冷遇自己，竟不是为政事，而是为了与女英在一起欢好，无论怎样有胸襟的女子，都承受不了这种欺骗与折磨。她的泪水簌簌落下，所有委屈和失望一起涌上心来。女英心中有愧，此时此刻，也不知道说点儿什么能安慰姐姐。她进宫来本是看望姐姐的，却没想到反而伤害了娥皇。

　　娥皇不想再看她，转头侧身躺向里面，美丽的眼睛紧紧闭着，泪水不停地落下来，打湿了枕头、被子。而女英见姐姐不肯理自己，也只好悻悻离开。回到画堂，她便留了一封信给李煜，悄悄地离宫回家了。

娥皇猜到了李煜有了新人，但万万没想到，这个新人竟然是自己从小宠着的亲妹妹。现在妹妹长大了，竟然爱上了自己最爱的男人，如果是别人抢走了李煜，她或许还会挣扎着将他夺回来，但是面对妹妹，她虽然愤恨，但并不希望妹妹受到任何伤害。她也深知，李煜定然非常喜欢女英，她太了解他了，或许这世上除了自己，也只有女英能成为他的红颜知己了。

既然不能拆散他们，那么所有的痛苦，娥皇只能一个人承担。

所幸，她还有两个可爱又懂事的儿子，尤其是次子仲宣，自从她生病以后，小仲宣比谁都着急，为了能让母后早日康复，这个年仅四岁的孩子经常学着宫女的样子去佛堂里焚香祷告，祈求神灵让母后早日康复。

然而，总有些意外的细节，稍不留神就改写了人的一生命运，乃至整个历史。一个平静的日子里，小仲宣像往常一样去佛堂里祷告，忽然，一只偷吃贡品的大猫蹿上了悬挂于房顶的琉璃灯。琉璃灯不堪重负，和那只大猫一起摔在了地上，发出一声巨响，破碎的琉璃渣四散崩开。当时小仲宣正虔诚地祷告，哪里注意到这些呢？琉璃灯和大猫突然从天而降，小仲宣被吓得魂飞魄散。一个年仅四岁的孩子，怎么能受得起这种惊吓呢？小仲宣被吓出了一身病，宫中御医也都束手无策，公元965年十月二日，小仲宣就去世了。

这个沉痛的消息令李煜痛不欲生，他不敢告诉娥皇，唯恐她知道消息后会加重病情。在娥皇面前，他努力地不露出悲痛的神色，眼角眉梢，却又分明写满了痛苦。娥皇不明其故，只觉得李煜一定有事情瞒着她。

对于李煜来说，仲宣是他的希望，更是南唐的希望，然而天意弄人，仲宣竟只在这烟火人间停留了短暂的四年，如同一颗绚丽的流星，点亮了他的希望后，便隐入茫茫黑夜。此时的李煜，只是一个痛失爱子的父亲，他将心中的无限痛苦，写进了给爱子的悼诗和祭铭：

> 永念难消释，孤怀痛自嗟。
> 雨深秋寂寞，愁引病增加。
> 咽绝风前思，昏蒙眼上花。
> 空王应念我，穷子正迷家。

> 呜呼！庭兰伊何，方春而零；掌珠伊何，在玩而倾。珠沉媚泽，兰陨芳馨；人犹沮恨，我若为情？萧萧极野，寂寂重扃。与子长诀，挥涕吞声。噫嘻，哀哉！

那句"与子长诀，挥涕吞声"令多少人闻之泪下。仲宣之亡，仿佛是从他心上生生剜掉了一块肉，汹涌而下的泪，诠释着无处诉说的锥心镂骨之痛。

周女英离开之后，李煜陪伴娥皇的时间多了很多，痛失爱子，又令他不知如何面对娥皇，唯恐娥皇问起来。但是女人总有灵敏的直觉，仲宣一连好几天都没有出现，每每问起来，每一个人都是支支吾吾的，而李煜更是目光躲闪，眼睛也是红红肿肿的。

看着大家极不自然的表情，娥皇已然有一种不祥的预感。

她念子心切，趁李煜不在的时候逼问一名侍女，终于问出了实情。知道仲宣已经夭亡，娥皇当即两眼一黑，昏死过去。

娥皇的身体本来就已经非常糟糕，丈夫与妹妹的双双背叛已然给了她沉重一击，羸弱的身体已经不能再承受任何打击了，而仲宣之亡，几乎是刺向她心脏的一把利剑。她仿佛已经看见生命的烛火渐渐暗淡下去，想到这十年来的生活，想到以前与李煜在一起的种种美好，她忽然觉得也足够了。这一生虽然短暂，但是她深切地爱过，世间女子，有几个能像她一样有这份荣宠呢？这纷纷扰扰的世界，也是时候告别了吧！

娥皇清醒的时候越来越少，一天中的大多时间都在昏迷。想到之前对娥皇的冷落，李煜悔恨不已，他没日没夜地陪伴在她身旁，希望能弥补之前的过失。公元 965 年十一月二日的清晨，娥皇忽然清醒过来，眼睛似乎也明亮了许多，李煜急忙呼喊婢女端来饭食，但娥皇却露出了久违的微笑，拉着他的手缓缓开口道：婢子多幸，托质君门，窃冒华宠，业已十年。世间女子之荣，莫过于此。所痛惜者，黄泉路近，来日无多，子殇身殁，无以报德。

李煜还满怀欣喜地以为娥皇有所好转，事实上，娥皇只是回光返照。对于李煜和妹妹的事情，她也释然了，既然自己不能继续陪着李煜走下去，那么让妹妹来接替自己，也不失为一件好事。她吃力地取出了当年李煜赠给她的爱情信物——约臂玉环，这是在他们新婚之夜李煜送给她的。她还记得那一夜，他挑起她的红盖头，目光清澈，眉目俊朗。彼时的他叫作"李从嘉"，还不是现在的"李煜"。她还记得新婚时的美好，他为她写诗填词，她为他轻歌曼舞。那样美好的时光，竟一晃成了追不回的历史。

娥皇拿着约臂玉环，又命宫女取出了当年公公李璟赏赐的烧槽琵琶，然后将它们一起还给了李煜：妾命浅福薄，不能长伴君侧。约臂玉环和烧槽琵琶一直为妾之至宝，妾珍藏至今，现在一并归还，我们缘分已尽，此生永诀。

听见娥皇说"此生永诀"，李煜再也承受不住，拥着娥皇痛哭起来。他恨自己对娥皇的辜负，恨自己对娥皇病情的无能为力。想到娥皇一个人卧在榻上时，他却移情别恋，没有好好陪伴她。娥皇将自己所有的青春乃至生命都给了自己，他不知道该怎样做，才能弥补自己铸下的错。

娥皇还想留一份遗书，便让宫女准备纸笔。然而，她仅仅挣扎着写了"请薄葬"三个字，就已经虚汗淋漓，重重地倒在了床上。

是时候离开了，娥皇默默呢喃。毕竟自己是国后，不能就这样凌乱地走，即便死去，她也要干净整齐地离开。她命宫女为她梳洗整理，换上了早就准备好的新衣。服侍她多年的侍女忍不住掩面啜泣，李煜悲伤至极，世间最大的无奈，莫过于眼睁睁看着至亲至爱之人的生命一点点消亡，而自己却无能为力。他只能从侍女手中拿过梳子，亲自为她梳妆。此时此刻，他唯一能做的，就是为她梳妆打扮，送她最后一程。

傍晚时分，娥皇安详地闭上了眼睛，永远地离开了人世。

或许，这样一个完美到极致的女子本就不属于烟火人间。她来人间走一遭，用二十九年的时光历尽人生的悲欢喜乐，用十年的时光陪伴李煜，给李煜带来了人生的灵韵，与无限的诗词灵感。

娥皇临终前曾留下"请薄葬"的遗书，但是李煜怎么舍得让她凄凉潦草地入土呢？他对她有太多歉疚，想到昔日的种种美好，李煜恍如隔世。他为娥皇举行了隆重的葬礼，那支素白的队伍，让他恍惚想起十年前迎娶娥皇的那支队伍。十年的沧海桑田，人世间的变迁太多太多，他何曾想到，曾经说好的执子之手，与子偕老，竟是一诺成空。

宫中到处都是一片素白，每一个人，都身着丧服，就连石狮子也披上了白布。李煜向来笃信佛教，他相信佛教中灵魂转世的说法，因此特意请了许多僧人为国后诵经超度。

不仅是宫廷之中，就连民间都是一片哀悼。一连一个多月，李煜每天都亲自到娥皇的灵堂哭祭。由于跪的时间太久，等他想站起来时腿脚已经麻木，只能由侍从搀扶才能站起来走路。

他一下子清瘦了很多。但那又能怎样呢？娥皇已经不能回来了。李煜是一个喜欢追忆过去的人，对自己所拥有的，却常常忘了珍惜。失去娥皇后，他才悔恨自己对她的辜负，失去南唐后，他才痛恨自己曾经的不理朝政。

每每看到娥皇曾经用过的东西，李煜总是忍不住落泪。他们曾经共同经历的美好时光，在李煜心中刻下了永生的印记，越是回不去的岁月，越是让人痛断肝肠。想到娥皇临终前将约臂玉环和烧槽琵琶都还给了自己，李煜更加心痛。约臂玉环是他们爱情的信物，就算娥皇入土，约臂玉环也必须陪着她。

娥皇下葬的时候，李煜将约臂玉环亲自放进了梓宫（专指皇帝、皇后或重臣的棺椁），为她陪葬。据传，那把久负盛名的烧槽琵琶也被伤心欲绝的李煜放进了梓宫，从此，世间再无娥皇的曼妙音乐，《霓裳羽衣曲》再难弹奏出极致的旋律。

万般悲痛，在李煜心中凝结成打不开的死结，他多么希望娥皇还能陪伴在他旁边，为他弹一支琵琶曲，或者随着音乐翩翩起舞，哪怕只是静静地陪着他，一句话也不说，也是一种幸福。痛苦之中，李煜写下了两首悼亡词：

其一

珠碎眼前珍，花凋世外春。

未销心里恨，又失掌中身。

玉笥犹残药，香奁已染尘。

前哀将后感，无泪可沾巾。

其二

艳质同芳树，浮危道略同。

正悲春落实，又苦雨伤丛。

秾丽今何在？飘零事已空。

沉沉无问处，千载谢东风。

字里行间，皆是沉沉血泪。李煜在娥皇灵前焚化了诗稿，那些痛苦随着缱绻墨香一起化为灰烬，他希望能借着这些文字，让天堂的娥皇看到自己的心声。那些无处释放的痛苦，只能在文字中悄然流淌、沉淀，多少泪珠，都沿着他的笔墨凝成了文字下的永恒。

除了这些悼亡诗，李煜还为娥皇写过一篇字字泣血的《昭惠周后诔》：

天长地久，嗟嗟蒸民。嗜欲既胜，悲欢纠纷。缘情攸宅，触事来津。赀盈世逸，乐尠愁殷。沉乌逞兔，茂夏凋春。年弥念旷，得故忘新。阙景颓岸，世阅川奔。外物交感，犹伤昔人。诡梦高唐，诞夸洛浦，构屈平虚，亦悯终古。况我心摧，兴哀有地。苍苍何辜，歼予伉俪？窈窕难追，不禄于世。玉泣珠融，殒然破碎。柔仪俊德，孤映鲜双，纤秾挺秀，婉娈开扬。艳不至冶，慧或无伤。盘绅奚戒，慎肃惟常。环佩爰节，造次有章。会蟹发笑，擢秀腾芳。鬓云留鉴，眼彩飞光。情漾春媚，爱语风香。瑰姿禀异，金冶昭祥。婉容无犯，均教多方。茫茫独逝，舍我何乡？昔我新婚，燕尔情好。媒无劳辞，筮无违报。归妹邀终，咸爻协兆。俯仰同心，绸缪是道。执子之手，与子偕老。今也如何，不终往告？呜呼哀哉！

志心既违，孝爱克全。殷勤柔握，力折危言。遗情盼盼，哀泪涟涟。何为忍心，览此哀编。绝艳易凋，连城易脆。实曰能容，壮心是醉。信美堪餐，朝饥是慰。如何一旦，同心旷世？呜呼哀哉！

丰才富艺，女也克肖。采戏传能，弈棋逞妙。媚动占相，歌繁柔调。兹謦爰质，奇器传华。翠虬一举，红袖飞花。情驰天际，思栖云涯。发扬掩抑，纤紧洪奢。

穷幽极致，莫得微瑕。审音者仰止，达乐者兴嗟。曲演来迟，破传邀舞，利拨迅手，吟商呈羽。制革常调，法移往度。翦遏繁态，蔼成新矩。霓裳旧曲，韬音沦世，失味齐音，犹伤孔氏。故国遗声，忍乎湮坠。我稽其美，尔扬其秘。程度馀律，重新雅制。非子而谁，诚吾有类。今也则亡，永从遐逝。呜呼哀哉！

该兹硕美，郁此芳风，事传遐禩，人难与同。式瞻虚馆，空寻所踪。追悼良时，心存目忆。景旭雕薨，风和绣额。燕燕交音，洋洋接色。蝶乱落花，雨晴寒食。接辇穷欢，是宴是息。含桃荐实，畏日流空。林雕晚箨，莲舞疏红。烟轻丽服，雪莹修容。纤眉范月，高髻凌风。辑柔尔颜，何乐靡从？蝉响吟愁，槐凋落怨。四气穷哀，萃此秋宴。我心无忧，物莫能乱。弦乐清商，艳尔醉盼。情如何其，式歌且宴。寒生蕙幄，雪舞兰堂。珠笼幕卷，金炉夕香。丽尔渥丹，婉尔清扬。厌厌夜饮，予何尔忘？年去年来，殊欢逸赏。不足光阴，先怀怅怏。如何倏然，已为畴曩？呜呼哀哉！

孰谓逝者，荏苒弥疏。我思姝子，永念犹初。爱而不见，我心毁如。寒暑斯疚，吾宁御诸？呜呼哀哉！

万物无心，风烟若故。惟日惟月，以阴以雨。事则依然，人乎何所？悄悄房栊，孰堪其处？呜呼哀哉！

佳名镇在，望月伤娥。双眸永隔，见镜无波。皇皇望绝，心如之何？暮树苍苍，哀摧无际。历历前欢，多多遗致。丝竹声悄，绮罗香杳。想淡乎切怛，恍越乎惝慌。呜呼哀哉！

岁云暮兮，无相见期。情瞀乱兮，谁将因依！维昔之时兮亦如此，维今之心兮不如斯。呜呼哀哉！

神之不仁兮，敛怨为德；既取我子兮，又毁我室。镜重轮兮何年，兰袭香兮何日？呜呼哀哉！

天漫漫兮愁云曀，空暧暧兮愁烟起。峨眉寂寞兮闭佳城，哀寝悲气兮竟徒尔。呜呼哀哉！

日月有时兮，龟蓍既许，萧茄凄咽兮旂常是举。龙辀一驾兮无来辕，金屋千秋兮永无主。呜呼哀哉！

木交枸兮风索索，鸟相鸣兮飞翼翼。吊孤影兮孰我哀，私自怜兮痛无极。呜呼哀哉！

夜寤皆感兮，何响不哀？穷求弗获兮，此心隳摧。号无声兮何续，神永逝兮长乖。呜呼哀哉！

杳杳香魂，茫茫天步，抆血抚榇，邀子何所？苟云路之可穷，冀传情于方士！呜呼哀哉！

这篇诔文洋洋洒洒，足有千余字，在诔文的最后，他没有署名"国主"，也没有署名"李煜"，而是"鳏夫煜"。对于鳏夫，《孟子·梁惠王》中这样解释：老而无妻曰鳏。鳏夫，可以泛指死了妻子的男人。此时的李煜，就像一个普普通通的丧妻男人一样，就算后宫不乏佳丽，但是娥皇之死，却让他觉得整个金陵城都成了一座空城。

诔文中，李煜竟在不知不觉中接连用了十四个"呜呼哀哉"，可见其噬心蚀骨之痛。娥皇的一颦一笑，皆在他心中铭刻成永恒。他永远记得她"会嚬发笑，擢秀腾芳"的迷人笑靥，记得她"鬓云留鉴，眼彩飞光"的绝美容颜，更记得她

"情漾春媚，爱语风香"的似水柔情。他回忆了与娥皇新婚时的甜蜜幸福，"昔我新婚，燕尔情好"，他永远记得洞房之夜掀起红盖头那一刹那的惊艳，他送她约臂玉环，约定三生，"俯仰同心，绸缪是道。执子之手，与子偕老"是他们共同的爱情誓言。

然而世事无常，娥皇只陪伴了他十年便撒手人寰，所有的痛苦，都留给他一个人去承担。娥皇填补的《霓裳羽衣曲》的曲谱犹在，而娥皇却已不在人间。他继而又回忆了娥皇"重按霓裳"的情景：霓裳旧曲，韬音沦世，失味齐音，犹伤孔氏。故国遗声，忍乎湮坠。我稽其美，尔扬其秘。程度馀律，重新雅制。

痛失爱子，本就伤心欲绝，娥皇的离去，更让他痛不欲生，他只能恨叹"既取我子兮，又毁我室"，从此"岁云暮兮，无相见期"，他只能"吊孤影兮孰我哀，私自怜兮痛无极"。

然而，泪水流得再多，诔文写得再悲情，娥皇也回不来了，她像是一只轻盈的蝴蝶，飞过人间的花丛，便飞向了无边的宇际，虽有留恋和不甘，但无悔此生。

洋洋洒洒的千余字诔文，字字皆是血泪。写完之后，李煜命石工将这篇诔文镌刻在娥皇陵园里的巨碑上。

那座石碑的最后，也按照李煜诔文的落款刻上了"鳏夫煜"。仅仅是这三个字，已经道出了李煜心中沉沉的伤痛。

娥皇刚刚去世的那段时间里，李煜几乎不能相信这个事实，仿佛那只是一场噩梦。只有在午夜梦回时，他才能看见心爱的她向他款款走来。然而梦醒后，却依然是无边无际的孤寂。只要见到娥皇用过的东西，李煜总会睹物思人。伤心时，只有诗词能暂时排遣心中的抑郁。

春天到来时，青柳吐出了新芽，常有蝴蝶在青柳下翩跹起舞。春天过去后还能再来，但是心爱的人离开了，却是黄泉碧落，永不相见。看着锦簇繁花，看着低垂青柳，李煜填了一首《谢新恩》：

秦楼不见吹箫女，空余上苑风光。粉英含蕊自低昂。东风恼我，才发一衿香。

琼窗×（缺字，"×"或为"枕"，或为"旧"，版本很多）梦留残日，当年得恨何长。碧阑干外映垂杨。暂时相见，如梦懒思量。

良辰美景，李煜只能独自叹息。娥皇留下了很多手稿，有乐理的，有诗词的，那些文字，成了李煜最温暖的慰藉。有一次，他找到了一把老旧的琵琶，那是在娥皇得到烧槽琵琶前一直用来演奏的琵琶，琵琶的背面，竟然还有两句诗：

侁自肩如削，难胜数缕绦。

很明显，这应该是娥皇命人刻上去的。他记得他曾经在那把著名的烧槽琵琶上写下过这两句诗，娥皇非常喜欢。他只记得她令工匠刻在了烧槽琵琶上，却没想到这把琵琶也刻上了这两句诗。揽琴伤怀，李煜抱着那把琵琶，似乎还能感受到娥皇留在琵琶上的气息，琴尾有淡淡的香气，琵琶槽上，似乎还留有娥皇指尖的温度。

此时此刻，李煜终于想到了后两句，连起来便是：

佻自肩如削，难胜数缕绦。

天香留凤尾，余暖在檀槽。

写下最后一笔，李煜已经泣不成声。没想到终于诗成，却已是天人永隔。

还有一次，李煜看到了祭奠娥皇灵筵时用的素巾，那也是娥皇生前用过的素巾，素巾上依稀还能看到娥皇生前留下的汗渍与眉上的黛痕。一时间，无声的痛楚如同细针般扎在李煜心上，悲悼之余，他写下了这首《书灵筵手巾》：

浮生共憔悴，壮岁失婵娟。

汗手遗香渍，痕眉染黛烟。

他叹息自己正当壮年，却痛失爱妻。那一方素帕，让李煜感到了些许慰藉，但更多的是无奈与痛苦。

娥皇用自己全部的青春丰盈了李煜的生命，或许，她来到烟火人间的使命，便是激发李煜无穷无尽的诗词灵感。她在世时，用翩跹的舞姿与倾世的才情点亮了李煜的生命，去世后，又令李煜陷入深深的痛苦之中，而恰恰是这份沉痛，再度激发了李煜无尽的创作灵感。

如果李煜只是一位普通的词人，他的才华与深情，足以让他过好这一生。偏偏天意弄人，让他成为南唐国主，想做的事情不能放手去做，应该做的却又提不起兴趣。当他为痛失娥皇而呼天抢地时，有人为他的深情所感动，也有人为他的儿女情长而叹息。

暑往寒来，娥皇曾经住过的瑶光殿一直空着，所有物品都按照娥皇生前的样子摆放着。殿外有几株梅花，一个冬夜，李煜信步来到瑶光殿，发现那梅花竟已绽放数朵。夜风徐来，沁人心脾的幽香拂面而来，李煜在梅花前伫立许久，此时此刻，他多么希望娥皇依然在自己身边！

那几株梅花是李煜与娥皇亲自手植的，娥皇在世时，两人一直期待梅花盛开，现在梅花终于开了，娥皇却已经不在了。此时此刻，此情此景，他只能独自叹恨，在回忆中寻找昔日的笑语欢声。

当最爱的人已经不在，风景再美也是枉然。在那些梅花面前，李煜伤心泪落，一字一句吟诵道：

> 殷勤移植地，曲槛小阑边。
> 共约重芳日，还忧不盛妍。
> 阻风开步障，乘月溅寒泉。
> 谁料花前后，蛾眉却不全。

悲伤到极致，李煜已经不知道为这首诗拟什么题目好，便很随意地拟作《梅花诗》。以上为《梅花诗·其一》，另外还有一首《梅花诗·其二》：

> 失却烟花主，东君自不知。
> 清香更何用，犹发去年枝。

花落了还会再开，而心爱的人离开了，便再也回不来。

有一年暮春，李煜看着落花飞絮、细雨蒙蒙，再度悲从中来。娥皇的影子无时无刻不在，总是在某个不经意的瞬间，她的笑靥便浮上心头。那年暮春，李煜填了一首《采桑子》来怀念娥皇：

采桑子

亭前春逐红英尽，舞态徘徊。细雨霏微，不放双眉时暂开。

绿窗冷静芳音断，香印成灰。可奈情怀，欲睡朦胧入梦来。

一句"香印成灰"，道出了多少埋藏于心底的悲痛！漫无边际的思念如同蒙蒙细雨，覆盖了天地万象，席卷了万古情怀，若相见，唯有在梦中。

除了这些悼念娥皇的诗文，李煜还有大量的悼亡诗词，如"又见桐花发旧枝，一楼烟雨暮凄凄。凭阑惆怅人谁会？不觉潸然泪眼低""空有当年旧烟月，芙蓉城上哭蛾眉"，等等。

这些只是流传于世的作品，那些曾经写下却没能流传下来的，还不知道有多少。与娥皇在一起的美好，就像是一场绚丽的梦。面对冰冷残酷的现实，李煜只能在文字中排遣抑郁心绪。

有人说，李煜身为国君，虽然没有了娥皇，但他还拥有那么多后宫佳丽，何必伤心至此呢？其实，站在痛苦之外去劝慰一个人总是很容易的，很多痛楚，只有置身其中，才知那是一种怎样的感觉。

　　他的泪打湿了那些缱绻的辞章，打湿了南唐的慵懒岁月。与娥皇在一起的那十年，是他生命中最美好的时光，娥皇之死，不仅仅是一个人生命的陨落，也是李煜人生命途走向衰颓的起点，而南唐江山，也从那时起愈发风雨飘摇。

迢迢牵牛星，杳在河之阳

娥皇之死令李煜哀毁骨立，那份痛苦除了情感上的难以割舍，还有深深的自责。娥皇临终前曾与他诀别，更多的是因为他与周女英的关系。娥皇死后，中宫虚位，但是娥皇尸骨未寒时自然不能立即迎娶周女英。

周女英对此也深感难过。她入宫本是探望姐姐的，却没想到因为自己的出现而加重了娥皇的病情，姐姐至死都不愿与她说话，她知道，姐姐是带着无限痛苦与失望离开的。她才十五岁，正是天真烂漫的年纪，很多宫里的规矩还不曾学过。恰恰是这份无知无畏，让李煜有如沐春风的感觉。

斯人已逝，活着的人总不能一直沉浸在痛苦之中。周女英回到家后，将宫中发生的事情与家人简单讲述了一遍，果不其然遭到了家人的斥责。没过多久，宫中便传来娥皇去世的消息，一家人都沉浸在悲痛之中。但是很快，宫中便又有消息传来，等国后的丧期过去，国主便会迎娶周女英，并会立她为国后。

这个消息让周家人有了些许安慰。从那以后，她日日夜夜盼着李煜能迎娶她，想到在宫中时与李煜的甜蜜恩爱，她既感到羞涩，又无比快乐。李煜，那个当今国主，那个潇洒俊逸的李郎，将会成为她的夫君，成为她此生的依靠。

娥皇去世数日，周女英再度入宫。这一次，她是来学习宫中礼仪的，做好成为国后的准备。宫中的大小规矩，她基本要从头学起，虽然之前也进过几次宫，但是对宫中规矩并不熟悉，尤其是做国后的各种礼节。她曾无比羡慕姐姐娥皇，但是当她真的可以像姐姐一样成为国后，才发现国后并不是那么好当的，要掌管后宫，要明习礼仪，尤其是在祭祀天地及宗庙时更加严格，有时候连走路的步数都有规定，学了一阵子，她才知当国后的不容易。

要想母仪天下，要想好好地站在李煜身旁，成为他此生的挚爱，就必须过这一关。想到此后的人生，周女英便不再觉得辛苦，只要能与心爱的人在一起，再多辛苦也都值得。

这个天真烂漫的女孩子在爱情的冲击下迅速成熟起来。她知道，她必须做到像姐姐那样温良淑德才有资格陪在他身边，才不会被人说闲话。她努力用她稚嫩的肩膀去承担更多的责任，努力得到大家的肯定与信服。

女英一面劝李煜节哀，一面安抚圣尊后。圣尊后对她一直是非常喜欢的，看到她这次入宫比以往更加善解人意，也愈发喜欢她，若不是大周后娥皇的丧期未过，真想马上让儿子娶了她。

除了孝敬圣尊后，周女英还以母亲的身份照料姐姐的孩子仲寓，对他言传身教，既教导他读书练字，又教诲他如何做人。

女英的努力，所有人都看在眼里。本来，娥皇生前的一些侍女对她心存不满，但是看到她这样用心，也渐渐被她打动了。在众人心里，已经默认了她将成为南唐的国后。不过，她毕竟还不是后宫之主，有时候身份难免尴尬。一些见风使舵的人便奉承圣尊后和李煜，请求早日迎娶一位贤德的国后，好打理后宫。

圣尊后和李煜何尝不想呢？但是碍于娥皇丧期，女英年纪又小，圣尊后还不能就此让儿子与女英成婚。但为了使女英名正言顺地住在宫中，便下旨周女英暂居中宫之位，一年后再为他们正式举行婚礼。

然而世事难料，一心促成此事的圣尊后没有看到他们成婚的样子。就在娥皇去世后不久，圣尊后竟病倒了。那些日子，周女英日夜服侍在侧，比李煜还要体贴。没过多久，圣尊后也撒手人寰了。

李煜本以为很快就能娶女英了，母后生病的时候自己也没有太在意，以为过几天就好了，万没想到，母后竟在这个时候忽然去世了。向来恭孝的李煜除了悲伤难过，还有焦虑和遗憾，因为按照封建社会的守丧制度，父母或祖父母去世，儿子与长房长孙必须谢绝人事，并守孝三年，为官者甚至要归乡守制（皇帝除外），在这期间，很多事情都不能做，而成婚自然也是不被礼制允许的。

这对浓情蜜意的恋人早已等得心焦不已，想到还要再等上三年之久，不禁格外惆怅。他们之间虽然只隔了几道宫墙，但却像是牛郎织女般隔了一条茫茫银河，只能遥遥相望，却不能在一起。于是李煜自比为牛郎，在诗中这样写道：

迢迢牵牛星，杳在河之阳。

粲粲黄姑女，耿耿遥相望。

　　他们明明近在咫尺，却又仿佛远在天涯。实在寂寞难耐时，两人只能偷偷地私会。那真是难熬的三年，每一天，两个人都在数着时间，希望时间能快点过。此时的李煜，已全然忘了自己还是一国之主，完全沉浸在风花雪月的美好中去了，而国家政事，也愈发荒芜。

　　就在李煜忙着与周女英花前月下的时候，北方的宋国却在急剧扩张。李煜继承国主之位的第二年，赵匡胤就开始践行起一统天下的计划。他先是把目标锁定在了辖境只有荆州（今湖北江陵县）、归州（今湖北秭归县）、峡州（今湖北宜昌市）三州的荆南国，以山南东道节度使慕容延钊为湖南行营道都部署、宣微南院使李处耘为都监发兵南下，进攻荆南国。北宋乾德元年（963），荆南国破，北宋取得了长江中游一带的军事要地，虽然面积不大，但却有着重要位置。这部分地区纳入宋国版图后，宋国犹如一把利剑插进了江南大地，并将后蜀与南唐隔断开来，使南唐与后蜀之间不容易结成联盟，这也为以后的统一战争奠定了重要基础。

　　攻破荆南国后，赵匡胤准备进攻下一个目标。南唐富庶又软弱可欺，其实正是合适的进攻对象，但是想到南唐对北宋还算服帖，加之眭昭符多次为南唐化解危机，赵匡胤决定退而求其次，将进攻的目标转向了朝政昏暗的后蜀。后蜀虽然没有南唐富庶，与其他小国相比还算不错。

　　那时后蜀的皇帝孟昶尚不知大祸临头，还沉浸在酒色之中。这个荒唐好色的皇帝常常广征天下美人，但凡才貌双全的女子都不会被埋没。他最宠爱的妃子——花蕊夫人，便是从民间征来。

花蕊夫人原姓费（一说姓徐），因其貌美如花，孟昶赐其名为"花蕊夫人"。她天生倾国之姿，又才华横溢，是个秀外慧中的绝代佳人。她曾填过一首《木兰花》（此词亦传为孟昶所作）：

> 冰肌玉骨清无汗。水殿风来暗香暖。帘开明月独窥人，欹枕钗横云鬓乱。
> 起来琼户寂无声，时见疏星渡河汉。屈指西风几时来，只恐流年暗中换。

花蕊夫人是个聪慧女子。这首《木兰花》中的姑娘，便是花蕊夫人自己的真实写照。她冰肌玉骨，云鬓微乱，万籁俱寂的夜里，有清凉的月光从绣帘透过来。她轻轻起身推开窗户，一双清澈如水的眸子望向耿耿星河。彼时夏天已经快要过去，有几许凉意扑面而来。她叹息"屈指西风几时来，只恐流年暗中换"。她所担忧的"流年"既是自己的韶华，更是后蜀的国祚。

花蕊夫人担心这样快乐的日子很快就会终结，但是身为女子，对于国家大事只能是心有余而力不足。

这首诗中，除了花蕊夫人隐约可见的担忧，也真实地记述了当时后蜀的奢靡。其中"水殿风来暗香暖"的"水殿"，即孟昶命人在摩诃池上建筑的水晶宫殿。蜀地入夏后往往酷热难耐，孟昶最怕热，天气炎热时甚至常常彻夜流汗，无法入眠。于是他命人建造了这座水晶宫殿，宫殿奢侈至极，其中三间大殿的柱子均用金丝楠木打成。金丝楠木是非常昂贵的木料，甚至有"一两金丝楠木一两黄金"之说，足可见其昂贵。

除了金丝楠木，这座豪华的水上宫殿还用沉香木做栋，窗户饰以珊瑚、碧玉，也正因此，花蕊夫人才会说"起来琼户寂无声"。既然是水晶宫，自然要有玲珑剔透的感觉。为此，这座宫殿四壁不用土石垒砌，而是用硕大的琉璃镶嵌而成，再用夜明珠来点缀，整座宫殿流光溢彩、美轮美奂。每当盛夏来临，孟昶便带着心爱的花蕊夫人住进水晶宫，在这里夜夜笙歌，纵情玩乐。

花蕊夫人才貌双全，又有一手好厨艺。宫中的御厨做菜虽然味美，但吃得久了，也没有了新鲜感，难免会腻烦。花蕊夫人会用羊头来做一种美食——将净白羊头以红姜煮之，取出后以石头镇压，最后用酒来腌渍，待酒入味，再将羊首切成薄如蝉翼的小片，整齐地码入玉盘。羊首的香味与酒香味混在一起，形成了一种奇妙的香气，那真是人间极品美味。孟昶非常喜欢这道菜，将其称为"绯羊首"或"酒骨糟"。

可以说，孟昶与花蕊夫人是非常懂得享受生活的。李煜与孟昶颇有些相似之处，他们都喜爱辞章，能写一手漂亮的书法。就在宋军进攻后蜀的前一年新年时，按照风俗，过年时应该在门上挂上新的桃符。孟昶命人写一副对联来题在桃符上，大家想了几个，孟昶都不满意，最后自己写了这副对联：

新年纳余庆，嘉节号长春。

这是中国历史上有史可查的最早的春联。写完后，他还特意命学士辛寅逊将这对联句题在桃符板上，并挂在门的两边。

孟昶虽然昏聩，又做了亡国之君，但他开创了中国春联的先河，这份功绩，是远远不能抹杀的。

本来，赵匡胤还在为找不到兴兵攻蜀的理由而苦恼，孟昶偏偏在这个时候短暂地清醒了一下，写了一封帛书并用蜡密封，派人持"蜡丸帛书"前去联络北汉，想与其结成同盟，共同对抗北宋。

那名使者不幸地被宋军俘获，于是赵匡胤终于能师出有名了。北宋乾德二年（964），赵匡胤命忠武军节度使王全斌为西州行营前军兵马都部署，率领三万大军，从凤州（今陕西省凤县）浩浩荡荡南下攻蜀。后蜀军备废弛，在精锐的宋军面前几乎不堪一击，宋军以摧枯拉朽之势直捣黄龙，仅仅用了两个月的时间，就将这个有着"天府之国"美誉的后蜀一举攻克。

当浩浩荡荡的宋军涌入孟昶的皇宫时，各种闻所未闻、见所未见的奇珍异宝尽收眼中。那些从民间搜刮而来的珍宝，乃至后宫的妃嫔宫娥，全部成了宋军的战利品。所谓繁华富贵，也不过如梦一场。

据说，宋军在收缴后蜀皇宫的战利品时，还带走了一只溺器。这种东西最是污秽，常人避之犹恐不及，怎么还会当成宝贝一样带走呢？当赵匡胤听说部下带回一只孟昶的溺器，也非常惊讶，但是当他亲眼看见时，才明白是怎么回事。原来，那只溺器竟是用七宝装成，精美绝伦，价值连城。

连溺器都要如此奢靡，那么承载食物要用什么样的器具呢？简直不敢想象。赵匡胤叹息一声，命令侍卫将那个溺器砸烂，一方面是警告部下不要挥霍无度，另一方面也是以此为戒，务必简朴节约，决不能奢侈挥霍。

后蜀灭亡后，孟昶与家眷以及一干朝臣被俘至汴梁，那位有着倾国之姿的花蕊夫人自然也一并被俘到汴梁。赵匡胤封孟昶为秦国公，封检校太师、兼中书令。赵匡胤早就听闻花蕊夫人的美名，垂涎其美色已久。如今终于见到了梦寐以求的美人，又怎会轻易放过呢？可怜花蕊夫人才情绝代，却终究只能是男人们争夺把玩的猎物。

宋军攻入后蜀时，很多将士直接卸甲投降，连一丝拼斗或挣扎都不曾有。后蜀灭亡，很多人都将罪过归于花蕊夫人，认为她是红颜祸水，才导致后蜀亡国。花蕊夫人百口莫辩，只能用一首《述国亡诗》来抒发心中的愤懑：

> 君王城上竖降旗，妾在深宫哪得知？
> 十四万人齐解甲，更无一个是男儿！

花蕊夫人的才情与悲剧命运令人叹惋，身为女子，在那个男尊女卑的封建时代又怎能掌控自己的命运呢？

孟昶在汴梁受封没几天，便暴病身亡。史书中只是含糊其词地这样记载，但真相究竟如何，大家心知肚明。而花蕊夫人明知赵匡胤就是毒害自己丈夫的凶手，但人在矮檐下，只能向其低头。她没有任何选择的余地，当赵匡胤第一次要求她侍寝时，她便知道，这仅仅是噩梦的开始。

赵匡胤假意为孟昶辍朝五日，以示哀悼，并赠布帛千匹，葬费尽由官给，追封其为楚王。孟昶的母亲神色凛然，面对儿子暴卒的惨象，她没有流泪，也没有咬牙切齿，只是将一杯酒洒在地面上，说道："你没有为江山社稷而死，贪生至今，我也为你苟活至今，不忍就死。如今吾儿已亡，此生再无挂念。"从这一天起，孟母再没有进一滴水、一粒粮，任谁劝说都无果，竟绝食而亡。

花蕊夫人饱受身体与心灵的凌辱，只能在缱绻诗词中书写心中的泪。她想起离开故国时，杜鹃鸟哀鸣如泣，昔日蜀宫曾流行过一种叫作"朝天髻"的发式，没想到竟成了"万里朝天"谶言。悲痛不已的花蕊夫人填了一首《采桑子》：

采桑子

初离蜀道心将碎，离恨绵绵，春日如年，马上时时闻杜鹃。

想到过往的种种，只觉如梦如幻。相传这首词是花蕊夫人离开蜀国途经葭萌关时填的，当时题写在驿站的墙壁上。后来赵匡胤设宴，曾让花蕊夫人赋诗，花蕊夫人眼中含泪将这首词吟诵出来。赵匡胤听罢，既心疼花蕊夫人的际遇，又迷恋其过人的才情。

平心而论，赵匡胤待花蕊夫人还是不错的。没过多久，他正式册封花蕊夫人为妃，给了她一个名分，让她更加心安一些。不过，花蕊夫人是个重情义的女子，她始终无法忘记孟昶曾经对自己的深情。如今竟失节改嫁，心中的愧疚始终无法抹去。于是，能书擅画的她亲自画了孟昶的画像，并准备了香烛，偷偷在自己房中时时祭拜。

有一次赵匡胤前去找花蕊夫人，没有派人通报，便径直进了内室。花蕊夫人正在虔诚地祭拜孟昶，被赵匡胤撞个正着。赵匡胤只觉得那画像上的人有几分眼熟，但实在想不起来在哪里见过，便问花蕊夫人。

花蕊夫人没想到赵匡胤竟会突然造访，一时间来不及收拾，急中生智的她赶紧解释道："这是民间俗传的送子张仙，臣妾虔诚供奉，希望能早日为陛下诞下龙嗣。"

赵匡胤闻言非常高兴，没想到花蕊夫人如此有心，因此也就一笑而过。但是"供奉送子张仙可得子嗣"的说法却不胫而走，后宫中的很多嫔妃也都希望能早日生下龙子，于是纷纷找到花蕊夫人，借着她那张"张仙"图，描画了同样的"张仙"带回去供奉。到后来，就连民间百姓也都供奉起"张仙"来，孟昶竟成了民间的送子之神。花蕊夫人的一时掩饰之语，竟意外地成了民间百姓的传统。

与孟昶在一起时，花蕊夫人以为孟昶会是她永远的羽翼，只要有他的保护，无论怎样的境遇，她都无所畏惧。当她被迫与赵匡胤在一起时，早已过了靠卿卿我我来满足爱情的年纪。她虽然能像侍奉孟昶一样侍奉赵匡胤，但是眼睛里总是少了一份柔情，多了一份冷漠。

然而，爱慕花蕊夫人的不仅仅赵匡胤一人，他的弟弟赵光义同样暗中垂涎着她的美色。赵光义没能得到花蕊夫人，心中早已愤恨难平。后来又得知花蕊夫人打算为赵匡胤生下龙嗣，先前的愤恨还未平，心中又平添了许多担忧。如果花蕊夫人真的诞下皇子，凭其现在得宠的形势，极有可能被立为皇储，那么他兄终弟及的如意算盘必然落空。

　　既然花蕊夫人是自己得不到的尤物，又有可能会威胁到自己的储君之位，那么不如将其毁掉，以绝后患。赵光义是个狠辣而又心思缜密的人，心中做出这个决定后，便开始寻找时机。北宋末年《铁围山丛谈》中这样记载：一次狩猎，花蕊夫人也随侍在侧，赵光义"调弓矢，引满拟兽，忽回射花蕊，一箭而死"。

　　赵匡胤见状愤怒不已，而赵光义早已准备好了台词。见成功射死花蕊夫人，他立即向赵匡胤痛哭流涕道："花蕊夫人乃是红颜祸水，陛下刚得天下，应当以社稷为重，远离酒色！臣弟射死花蕊夫人，实是为陛下着想啊！"

　　见赵光义如此有理有据，身为兄长，赵匡胤也只能忍下这口气。

　　花蕊夫人的悲情人生，成了后世人津津乐道的话题。她的才华，她的情义，她留下的诗词佳作，都成了点点星辰，镶嵌在浩瀚的历史长空上。

　　对于赵匡胤来说，花蕊夫人只是一段小小的插曲，他喜欢的，也仅仅是她的美貌与才华而已，堂堂宋国，自然不会缺少才貌双全的女子。花蕊夫人死了，自然会有其他女子代替，他继续燃烧自己的斗志，希望能早日一统天下。

　　而此时的李煜，丝毫不知孟昶与花蕊夫人的下场，就将是自己与周女英的悲剧结局。甚至在后蜀为北宋所灭时，他还特意派了人带上厚礼前往北宋去道贺。

北宋开宝元年（968）是一个特殊的年份，这一年，李煜终于守丧期满，可以迎娶心爱的女英了。也是在这一年，雄心勃勃的赵匡胤两次出兵进攻北汉，虽然没能取得成功，但却震慑了周边诸国。赵匡胤正酝酿着一统河山的计划，而李煜却只想着快点迎娶女英。

朝野上下，大家无不知道国主与周女英的事，因此李煜守丧期刚满，立即就有人上了奏疏，请求国主早日立后。有这样"懂事"的臣子，李煜颇感欣慰，当即答应下来。

其实，李煜早就等得心焦不已了，私下里早已命掌管宗庙礼仪的太常博士陈致雍查阅典籍，要查清历代帝王大婚的种种程序。这一次成婚与上一次不同，上一次迎娶娥皇，是在父母的主持下以皇子的身份迎娶王妃，而这一次，却一切全凭自己做主，以国主的身份迎娶国后。无论是从心境上，还是从礼节上，两次婚礼都是不同的。李煜发誓，一定要给女英一个漂漂亮亮的婚礼，让整个南唐的人都知道他娶了一位秀外慧中的国后。

这是件大事，这四年来的酝酿与等待，全为这一天的到来，臣子们自然不敢有半点儿马虎。为了能把国主的婚礼办得体面，大臣们也纷纷出谋划策，都希望国主能采纳自己的建议。

南唐朝臣中，李煜最宠信的有两人，一为中书令徐铉，一为知制诰潘佑，这一次大婚的重差也交给他们两人办理。

这两个人都才华横溢，和李煜一样懂文墨、通音律。潘佑比徐铉年轻一些，可谓是少年得志。潘佑年少时性情比较孤僻，曾经为了专心读书而谢绝交游。正是那些年的积淀，让他的学识飞速增长，虽然年纪不大，却比很多年长者更有学问。据说潘佑相貌丑陋，很多人初见潘佑都不看好他，但是与其交谈后，却总会被他的韬略震惊到，果然是"人不可貌相"。李煜非常喜欢潘佑，经常亲昵地称呼他为"潘卿"。

徐铉认为，南唐正是国难当头之际，虽是国主大婚，但也不应过于铺张浪费，应该尽量从简。比如，婚礼上的音乐演奏便可以省掉。他引经据典道：《礼记·曾子问》中有云"嫁女之家，三日不息烛，思相离也。娶妇之家，三日不举乐，思嗣亲也"，由此看来，取消音乐演奏不仅能节省开支，还更符合礼仪规范。

潘佑自然也不甘示弱，当即争论道：此言差矣！《诗经·关雎》中有云，"窈窕淑女，钟鼓乐之"，可见娶亲时奏乐，是自古传下来的传统，怎么能取消呢？

徐铉和潘佑两个人都各执一词，互不相让，最后只好由李煜自己定夺。李煜知道后也非常为难，他是个非常迷信的人，唯恐有哪里违背了规矩而导致婚事不吉利，思前想后，他决定传旨文安郡公徐游，请他来为自己定夺。

徐游是徐温（李煜祖父李昪的养父）的孙子，虽然李家和徐家并没有血缘关系，但也算是南唐的宗室，多年来两家就如同一家人一样，有个大事小情，也总会互相商议。徐游也是个才华横溢的人，不过，他不像潘佑那样耿直，恰恰相反，骨子里多了一分见风使舵的圆滑。

徐游向来人缘很好，说话也很有力度，每当朝臣相争，需要有一个人出面主持局面的时候，李煜总会想到他。徐游非常了解李煜的性格，也知道他一直希望能把这场婚礼举办得隆重一些，因此便有意偏袒潘佑，采纳了潘佑的主张，不仅要用乐队奏乐，而且规模越大越好。

于是，国主的婚礼在一众朝臣的张罗下举办得非常隆重。尽管大家心里都知道，国主和女英早已是夫妻，但婚礼还是要办得越隆重越好，每一个细节，都必须符合皇家的礼仪规范，不可有半点儿马虎。

国主大婚，除了要符合民间俗称的六礼（纳采、问名、纳吉、纳征、请期、亲迎）之外，还有很多皇家的规矩。虽然很多礼数也只是走走过场，但形式还是必须要有的。

这一年的女英十九岁，仿佛是一种巧合，她的姐姐娥皇刚刚嫁给李煜时也是十九岁。女英与李煜结束了四年的爱情长跑，终于能名正言顺地嫁过来了。此刻，她是待嫁的姑娘，待嫁的姑娘自然不能直接住到夫家，为了更符合礼节，她回到了周家在金陵乌衣巷的私宅小住。

古代从议婚到完婚的过程包括六种礼节：纳采、问名、纳吉、纳征、请期、亲迎，即俗称的"六礼"。在那个礼教森严的封建社会，六礼的执行有着严格的要求，每一个流程，都需要严格执行，否则会被看作是不吉利的。

令人着急的是，他们在六礼中的第一道程序——"纳采"上，就遇到了一个棘手的问题。纳采即男方请媒人去女方家里提亲，女方答应后，男方准备礼物前去求婚。据《礼记·昏义》记载：纳采者，谓采择之礼，故昏礼下达，纳采用雁也。因此，纳采时需要有一对活的大雁。然而彼时正值十一月，大雁属于候鸟，早就在秋天时向南迁徙了。因此，大家几乎翻遍了整座金陵城，找遍了金陵附近的所有山野，连一只大雁羽毛都没找到，更不要说找到活的大雁了。

没有纳采，后面的五礼也都无法顺利进行。有人提议把大雁换成鹅，反正两者外形颇为相似。不过，徐铉坚决不同意。大雁和鸳鸯一样，是"一夫一妻制"的鸟，如果配偶死亡，另一只就不再择偶，在人们看来，大雁是忠贞的象征。金末元初时期的著名文学家元好问曾见一捕雁人提着两只大雁叫卖，并说其中一只为他捕杀，而另一只本已逃脱的大雁见同伴惨死，竟然哀鸣数声后也投地而死。元好问得知后非常感动，买下那两只大雁并埋做雁丘，写下了著名的《摸鱼儿·雁丘词》：

摸鱼儿·雁丘词

乙丑岁赴试并州，道逢捕雁者云："今旦获一雁，杀之矣。其脱网者悲鸣不能去，竟自投于地而死。"予因买得之，葬之汾水之上，垒石为识，号曰"雁丘"。同行者多为赋诗，予亦有《雁丘词》。旧所作无宫商，今改定之。

问世间，情为何物，直教生死相许？天南地北双飞客，老翅几回寒暑。欢乐趣，离别苦，就中更有痴儿女。君应有语：渺万里层云，千山暮雪，只影向谁去？

横汾路，寂寞当年箫鼓，荒烟依旧平楚。招魂楚些何嗟及，山鬼暗啼风雨。天也妒，未信与，莺儿燕子俱黄土。千秋万古，为留待骚人，狂歌痛饮，来访雁丘处。

大雁之忠贞刚烈，由此可见一斑。古人认为大雁南北迁徙顺乎阴阳，配偶固定合乎义礼，因此把大雁看作是美好、忠贞的象征，也经常用大雁来表示婚姻的忠贞专一。"纳采"是六礼之首，务必有一对象征着婚姻美满的大雁，来寄予对新人的美好祝福。

找不到大雁，群臣束手无策，如果要捉到活的大雁，那只能等到第二年春暖花开了。但是李煜等这一天等了足足四年，又怎么愿意因为一对大雁找不到就再等好几个月呢？如果不是礼数限制，他恨不得马上就成婚。

大家一连找了好几天，民间也张贴了重金悬赏找雁的告示，但始终没什么消息。这个季节，到哪里去找活雁呢？无奈之下，李煜竟觉得之前有人提出的用鹅来代替大雁的方法也可以。当一个人没有任何办法时，就算之前觉得荒唐的方法，也会拿来用了，正所谓"病急乱投医"。

以鹅代雁的方法解决了一大难题，但场面却令人啼笑皆非。堂堂钦差大臣，竟然怀抱一对"嘎嘎"直叫的大白鹅直奔周家，为国主"纳采"。大白鹅很不老实，一路上几乎要挣脱逃走，钦差只好用红色的绸带将这对大白鹅五花大绑地捆了起来，将这对"吉祥物"死死绑住。

有人盛赞这个方法绝妙，从那以后，但凡民间百姓结婚时找不到大雁，也会效仿此法，用白鹅来代替，甚至还有用鸭子或鸡来代替的。不过也有人觉得这是不祥之兆，堂堂国主，要成婚竟然连大雁都找不到，这似乎意味着他们的婚姻将不会得到上天的垂怜。

"纳采"之后是"问名",即男方家请媒人问女方的名字和出生年月日。这是早就知道的,但是为了符合礼仪规范,李煜还是派人做了做样子。

第三步是"纳吉"即男方将女子的名字、八字取回后,在祖庙进行占卜。如果占卜结果显示为"吉",便立即备礼通知女方家,准备缔结婚姻,如果显示为"凶",有人考虑到儿女的幸福,便会放弃,但也有人为了攀龙附凤或者缔结政治姻亲,也只能继续准备婚事。

李煜以为,他与女英的结合一定是天作之合,占卜结果必然是"吉",万没想到,竟是大凶之象。这让他忧心不已,但两人已经到了这个地步,怎么可能因为一个占卜结果就放弃了呢?身边臣子也纷纷劝慰:"国主不必忧心,吉凶自由人定,怎能是上天决定的呢?"

李煜深以为然。事实上,他的吉凶,他与小周后在国破家亡后的悲惨遭遇,的确是由他一人决定的,臣子的劝慰,竟也算是一语成谶。

第四步是纳征,亦称纳币,即男方家准备聘礼送给女方家。这一步没什么难的,李煜准备了丰厚的聘礼送到周家,甚至比迎娶娥皇时的聘礼还要贵重。

第五步是请期,即男方家择定婚期,备礼告知女方家,以求其同意。这也是要结合双方的生辰八字来定的,李煜命人择定了良辰吉日,然后满心欢喜地准备亲迎。

"亲迎"是六礼中的最后一步,即新郎亲至女方家去迎娶。这是整个婚礼中最让人激动也最重要的环节,终于完成了前面的"五礼",李煜不禁长出了一口气,心中的一块石头总算落地了。

亲迎那天,几乎整座金陵城的人都跑出来看热闹,有人见过皇子娶亲,也有人见过帝王纳妃,却几乎都没见过国主娶国后。大家都想看一看这场盛大的皇族婚礼,沾沾皇家的喜气。那样的场面有些熟悉,李煜忽然想起十四年前,他娶娥皇时似乎也是这样的场面。那时意气风发的他,无论如何也想不到十四年后,竟然还会有一场更加盛大的婚礼。想到娥皇,他又不禁有些难过和惭愧,心中也一遍又一遍发誓:一定要好好对待女英,不仅仅是因为他们之间的爱情,更是因为,女英是娥皇唯一的妹妹。

李煜骑着高头大马从皇宫出发,前往周家。仪仗队一出,百姓就纷纷惊呼起来,很多人都是第一次见到国主,看他气宇轩昂的样子,看着他那不同寻常的重瞳子,不禁纷纷暗自赞叹:不愧为一国之君啊,果然气度不凡!

有出来晚的,就只能在人群后面踮着脚眺望,也有人爬上了墙头、房顶观看,甚至有好几处老房子因为承载的人太多,竟不堪重负塌掉了。

此时的女英早已梳洗打扮完毕。她头戴凤冠,身着霞帔,愈发显得明媚照人。她一直焦灼地等待着,唯恐再有什么变故。想到十五岁那年入宫,竟意外地订下了自己的终身。这四年来,各种辛苦只有她一人知晓,一个未出阁的姑娘家,无名无分地与李煜在一起,即便他是当朝国主,心中也总是委屈的。但是为了更美好的未来,为了能光明正大地嫁给他,她只能处处隐忍。如今,也算是苦尽甘来,终于不用再像以前一样偷偷摸摸地与他相见了，此生，她将与他长相厮守，不离不弃。

就在女英胡思乱想的时候，外面忽然隐隐传来欢呼声与奏乐声。她知道，他终于来了。

接到新娘后，一众人吹吹打打回了皇宫。女英还没回家时就已经交代好了安排洞房的宫殿——柔仪殿。母亲曾告诉她，"柔"象征着温柔和善，又柔得极致，却又胜似刚强，身为国后，必须能刚柔相济。"仪"象征着礼法与威严，她要时刻警示自己做任何事都要合乎礼法，唯有做到了"柔仪"，方能母仪天下。

此时的柔仪殿早已被布置得奢侈华丽，房间中的每一样用品都极尽丰富华贵，仅仅是焚香用的鼎炉，竟多达十几件。除了柔仪殿的华美，李煜还特意命人建了"红罗亭"，用昂贵的红色绸缎去装饰，那样上好的绸缎，很多百姓一生都穿不起，而李煜竟用来装饰房屋，足见其奢侈无度。李煜对女英的宠爱已经远远超过了娥皇，当年娥皇在世时，虽然李煜也会变着花样来博她欢心，但娥皇还能劝劝他，不让他奢侈无度。而女英与李煜无名无分地在一起四年，这四年来的压抑，仿佛终于在这时候迸发出来，恨不得将这四年来想做却没敢做的荒唐事统统做个够。

女英对香料非常有研究，经常自己研制香料，身上也常常带有一种特别的迷人香气。四年前，李煜曾为他写下了"抛枕翠云光，绣衣闻异香"的词句，彼时李煜还不知道女英喜欢研制香料，只是为她的美貌、才情与特别的气息吸引。

六礼已毕，他们终于成为真正的夫妻，而女英也从此被称为"小周后"，以便与她的姐姐"大周后"区分。按照规矩，新娘需在次日"谒舅姑"，即拜见公婆，为公婆奉茶，如果公婆已故，则在三个月以后到宗庙参拜公婆神位，俗称"庙见"。此时李煜父母已经亡故，小周后也不必拜见公婆。三个月后，她和李煜一起到李家宗庙进行祭拜，以告慰列祖列宗。事实上，如果列祖列宗真的在天有灵，看到李煜这样荒唐地挥霍，只怕要被气到七窍生烟了。

从此，期待已久的美好生活终于开始了。有了小周后，李煜愈发不理朝政，生活中似乎只剩下了儿女情长的琐事，那些关乎国家天下的大事却被抛诸九霄云外。李煜大多时间都是与小周后腻在一起，偶尔理下朝政，往往也只是起到反作用，如贬黜忠臣、提拔奸佞。李煜的品性并不坏，相反还是很善良的，但奈何他常常忠奸不辨，以至于做了太多错误的决定。南唐国政，也日渐衰颓，而北方的宋国，却在赵匡胤的统治下日渐强大。

第七章

风雨飘摇：一曲霓裳四海兵

落花狼藉酒阑珊，笙歌醉梦间

　　有时候，繁华只是苍凉的表象。当李煜与小周后沉浸于歌舞升平的享乐中时，不知多少南唐百姓不堪苛捐杂税的重负，甚至衣不蔽体、食不果腹。南唐每年都要向北宋进贡大量的财宝，而李煜兀自以为用这种低劣的方法就能高枕无忧，永保太平。

　　小周后比大周后更懂得生活，也更懂得怎样利用皇家优厚的物质条件来玩乐。成婚之前，她经常与李煜在移风殿幽会，因此对移风殿及其附近的区域有着独特的情愫。她热衷于各种馨香的味道，对花香的研究也很有心得。成婚后，她命人在移风殿建造了一座漂亮的花房，专门来收藏、培养各种名贵的花卉。这座花房可谓匠心独运，走进花房，便会看到四壁雕镂着各种奇形怪状的筒，每一个筒中，都有一株名贵漂亮的花卉。花卉用陶盆栽种，这样更有利于花的生长。不过陶盆不够美观，因此每个陶盆又套上了越州（今浙江绍兴）"秘色窑"烧制的"夺得千峰翠色"的瓷盆，这样既有利于花的生长，又漂亮美观。

　　秘色窑是极其珍贵的，在当时是皇家专属用品，百姓、臣子都不得僭越使用。这样珍贵的物品，小周后却用来做花盆的装饰品，而且整座花房中的花盆都套上了这种秘色窑，可见其奢靡。

这座花房可谓价值连城，花本身已经非常珍贵，而花房中又满是各种奢侈的装饰品，使得整座花房在清新怡人中又显露出一些珠光宝气。花房一年四季散发着沁人心脾的馨香，无须步入花房，只消远远经过，就能嗅到扑鼻的香气。

对于小周后的创意，李煜十分赞赏。他才不管这座花房花了多少钱，消耗了多少人力、物力，只要心爱的人喜欢，怎样都可以。不仅如此，李煜还挥笔为其题名为"锦洞天"。

两个人在玩乐上可谓花样尽出。小周后在得到了李煜的肯定后愈发挖空心思地琢磨玩乐的法子，每一次得到李煜的赞赏，她都会有一种成就感。那时她仅是一位十九岁的女子，虽然很有才学，但是对国家政事却并不知晓。在她看来，朝政之事自有朝臣去定夺，而李煜只需要陪她花前月下就足够了。之前他们经历了那漫长而压抑的四年，如今终于能光明正大地出双入对了，恨不得把以前欠下的统统弥补回来。

夏天来临时，燥热的天气令人烦闷。宫中妃嫔、宫娥往来，也常常会打扰到小周后的兴致。于是，她又命人在御花园的花丛里修建了几处仅能容纳两人对坐的小花亭，花亭上有精致的顶盖，以四根雕刻着各种花纹的紫檀柱子支撑，四面用销金红罗围罩，销金红罗与顶盖相接的地方用白银钉玳瑁来固定，四角饰以风铃、流苏，清风徐来，那座花亭真是美轮美奂，从内到外都别有一番风情。李煜也非常喜欢这座花亭，每遇政事烦扰，总要挽着小周后步入这座小小的花亭中，在那小小的世界里共享专属他们二人的美好时光。

小周后真是个快乐的精灵，她的活泼可爱，让李煜感到精神焕发，仿佛年轻了十几岁。后宫中妃嫔也不少，但万千宠爱，皆集于小周后一人。娥皇在世时，许多妃嫔都以为国主除了娥皇不会爱上其他女子，然而当小周后出现，她们才知道，原来无论多么坚固的爱情，都是有可能动摇的。小周后的得宠，也让她们看到了希望，她们梦想着有一天，也能得到国主的垂爱，即便不能专宠，哪怕只是分得一点儿小周后的宠爱，也不枉此生了。因此，她们纷纷向小周后看齐，小周后做的事情，她们总要学着做一遍，小周后穿着打扮的样子，她们也总要学一学，甚至连说话的语调、走路的姿势，她们都要暗中模仿，只希望有一天，国主能多看自己一眼。

小周后特别钟爱绿色，很多衣服、首饰都是绿色的。寻常时，她总是穿一袭碧色长裙，走起路来摇曳生姿，曼妙动人。妃嫔宫娥们也都学着她的样子穿起绿色的衣裳，只希望能让国主注意到自己。

为了能让自己的碧色衣裙更出众，有些心灵手巧的宫女还自己动手漂染绿色衣料。有一名宫女将染好的衣料放在外面晾晒，但是晚上却忘了收起来。第二天一早，她急急忙忙去看那布料，竟惊喜地发现，染好的衣料不仅没有因为露水的打湿而褪色，反而在露珠的作用下愈发青翠碧绿，色彩非常艳丽，碧绿中透着一股清新自然。

那名宫女在万分惊喜中用布料裁制了衣裙，当她穿着这样一身漂亮的衣裙出现在宫中时，大家都惊艳不已，纷纷问她那布料是怎样漂染的。一时之间，这种用自然的露水来为碧色衣料增色的方式广为流传，人们称其为"天水碧"。当小周后见到这样的料子，自然也非常喜欢，衣橱中自然又多了几件"天水碧"的衣裳。

除了这种素雅的碧色，其他一些素淡的颜色也流行开来，尤其是比碧色更为素淡的白色。李煜不喜欢大红大紫的颜色，唯独钟情于这些素淡的色彩，宫中女子自然投其所好，从此只穿素衣。

在女子妆容上，李煜也颇有研究。他将茶油花子制作成花饼，花饼大小形态各异，妃嫔宫女们将其贴在额头上，再饰以金箔，便形成了南唐时期流行一时的"北苑妆"。这种妆容相对于以前的女子妆容少了一份浓艳，多了一份淡雅，加之素淡的衣裳，愈发显现出江南女子别致的风韵。

小周后对香料非常有研究，在使用香料的过程中，也研究出了很多种制作香料的方法。她有很多精致的焚香器具，在不同的地方、不同的时间，总要用上不同的香炉，焚上不同的香料。比如在帐中，她喜欢垂下帘帐，然后将香炉中的香料点燃，袅袅香气便在帐中缭绕开来。当然，睡觉的时候是不能焚香的，以免发生火灾。

不过，富有生活情调的小周后即便在睡觉中也希望能有缱绻的香气伴着自己，于是，她又独创了一种香料——鹅梨帐中香。她把香味很浓的鹅梨挖成碗状，然后将沉香放置其中进行熏蒸，之后再放置在帐内，这样一来，经过熏蒸的香气便能更好地释放出来，不仅芬芳的味道沁人心脾，还有助于睡眠。用鹅梨蒸过的沉香遇到人的汗气，便会形成一股诱人的甜香，令人沉醉其中。当年，李煜以姐夫的身份去画堂看望她时，她周身散发着淡淡的香气，也正是帐中香的作用。

小周后的"鹅梨帐中香"在南唐风靡一时，上到官家小姐，下到富贾夫人，无不喜爱这种迷人的香气。

李煜和小周后都喜欢香味扑鼻的美食，他们朝夕研究，将茶乳做片，制作出各种香茗，烹煮起来，让人顿觉口鼻皆香。李煜格外钟情于香味美食，他还特意把外夷所出产的芳香食品汇集起来，根据其不同的特性或烹为肴馔，或制成饼饵，或煎做羹汤，其种类竟多达九十二种，每一种都有着不同的袭人芬芳，不仅香味别致，更入口清香，令人尝之欲醉。李煜每每发明一道芳香四溢的美食，总要亲自题名，并正式刊入食谱，然后命宫中御厨将新制美食所需要的材料配备齐全。为了庆祝，他还会备下盛筵，召宗室大臣入宫赴筵，美其名曰"内香筵"。

宴会之上，自然少不了歌舞。小周后经常在宴会上献舞，王公大臣们也得以在宴会上一饱眼福。小周后和姐姐娥皇一样喜爱音乐和舞蹈。她喜欢在曼妙的音乐中翩跹起舞，更喜欢在起舞时看到李煜那双满是爱惜的眼眸。不过，迷恋那双眼睛的何止小周后一人呢？后宫中的女子，哪一个不希望能得到君王的垂爱，哪怕只有短暂的温存，也足以令她们感到满足与幸福。

为了能引起李煜的注意，妃嫔们想尽了各种办法。有一个叫作流珠的宫女，能弹一手漂亮的琵琶，其娴熟的技艺几乎可与已故的大周后相媲美。她尤其擅长弹奏娥皇生前的得意之作——《邀醉舞破》和《恨来迟破》。这两支曲子在娥皇去世后就渐渐没落了，当年娥皇在世，很多人为了讨好国后经常演奏。然而世殊事异，人走茶凉，当小周后取代了大周后的位置，大家也不愿意再演奏大周后谱写的那些曲子，唯恐引起小周后的不满，就连教坊都不再排练大周后的曲子了。

世人皆可忘，但李煜不会忘。他对大周后不仅有着深深的情爱，更有着无尽的愧疚。无论他与小周后怎样快活，终究是忘不了大周后的。每当他怀念大周后时，总想听一听大周后曾经谱写的曲子。而流珠苦练这两支曲子，正是为了能在李煜思念大周后时接近他，因为放眼宫中，不会再有第二个人比她弹奏得更好了。每当娥皇的身影浮现在李煜心海，他便会派人找来流珠，让流珠演奏《邀醉舞破》和《恨来迟破》。在那熟悉的旋律中，他怀想着曾经花前月下的美好，怀想着娥皇"烂嚼红茸，笑向檀郎唾"的俏皮，怀想着那些年"重按霓裳歌遍彻"的快乐，总会在不觉中泪湿衣襟。

流珠昼夜期盼的便是这个时刻。每每此时，她便会软语温存，如同一只温柔的猫咪轻轻抚慰他，为他拭去泪水。

李煜才华过人，又生得俊朗儒雅，女孩子见了，总会义无反顾地爱上他，更何况，这个翩翩俊美的男人还是南唐国主，哪个女子会不喜欢呢？宫娥们为了能接近李煜，上演了一部部励志大戏。她们是真的爱上了他，希望能与他长相厮守，哪怕只是短暂的美好，也是一种慰藉。

除了流珠，还有一个叫作薛九的宫女，其声音婉转若黄莺，唱出的曲子优美动听。李煜曾填了一首《嵇康曲》，她将这支曲子演练得非常娴熟，不仅能声情并茂地唱出来，还能用多种乐器伴奏演唱。后来，她又自创了一套《嵇康曲舞》，为这支曲子配上了优美的舞蹈。李煜非常开心，在一次宴会中，他命薛九当众献舞，在场的人不无为之惊艳。李煜重赏了她，后来也经常让她演唱《嵇康曲》或者跳《嵇康曲舞》。

薛九非常喜欢李煜，那种喜欢，是发自内心的情爱，无关荣华富贵，也无关他高高在上的国君之位。她爱他，就像一个普通姑娘深爱自己的情郎一样，然而他们之间永远隔着一条无法逾越的鸿沟，她知道，这一生，他都不会属于她，她能做的，只是默默地爱着他，只能尽自己最大的努力去引起他的注意，哪怕只是被他多看一眼，她都会开心许多天。

薛九不仅能歌善舞，而且能演奏多种乐器。后来南唐覆亡，李煜肉袒出降，她在宫中哭了许久许久。李煜离开金陵时解散了教坊，她后来辗转流落到了洛阳福善坊歌舞班。多年以后，她依然心怀对李煜的那份挚爱，甚至特意把那支《嵇康曲》重新填词，并重新编排了《嵇康曲舞》，把这支曾经表演给南唐君臣看的歌舞再度演出。旧时王谢堂前燕，飞入寻常百姓家。当百姓们看着薛九轻歌曼舞时，只觉得那舞姿惊艳非常，却不知她心中的故事，更不知她为何眼中含泪。观看的人中，不再有她心心念念的人，此一生，都不会再有任何交集。而她的心痛，却在那首由她改写的《嵇康曲》中流传下来，令多少后世人唏嘘不已：

嵇康曲

薛九三十侍中郎，兰香花态生春堂。

龙盘王气变秋雾，淮声哭月浮秋霜。

宜城酒烟温羁腹，与君强舞当时曲。

玉树遗辞莫重听，黄尘染鬓无前缘。

我闻襄阳白铜鞮，荒情古艳传幽悲。

凄凉不抵亡国恨，座中苦泪飞柔丝。

洛阳公子擎银觞，跪奴和曲生辉光。

茂陵旅梦无春早，彤管含羞裁短章。

　　一首《嵇康曲》，道出了薛九心中无限的痛楚与对李煜的怀恋。大宋国繁华安定又怎样？她始终记得，是宋人的铁蹄踏碎了南唐的太平，当南唐的王气化作凄凉的秋雾，十里秦淮河流淌的不再是悠悠河水，而是离人血泪。她依然清晰地记得李煜写下的辞章，却不忍再唱，也不忍再听，鬓角的青丝已成白发，她只能悲叹"黄尘染鬓无前缘"。

　　薛九一面唱歌跳舞，一面强颜欢笑，有少许知情人不禁感动落泪。而那些不知情的，却在叫好鼓掌，她心中隐忍的痛，终究只能深藏。若是李煜能看见那场歌舞，一定也会感动得热泪盈眶吧。李煜虽是输掉了天下，但这一生，却收获了无数美人的芳心。相比于历朝历代的帝王，那些妃嫔们为之争风吃醋的，往往不是君王本身，而是那个冰冷却充满诱惑的帝位。无论是谁坐在这个位子上，她们都可以波澜不惊地侍奉。而李煜，即便做了亡国之君，依然有那么多人怀恋着他，或许，这也正是他的人格魅力所在。

　　李煜笃信佛教，为了迎合国主这个癖好，有一名姓乔（史称"乔氏"）的宫娥竟终年闭门，专心抄写佛经。她的字娟秀而飘逸，每当抄完一卷，便精心装裱成册，用精致的布帛包装起来送给国主御览。在后宫之中，最难得的便是能耐得住寂寞。乔氏自从知道李煜笃信佛教后，便再也不参加那些娱乐消遣的活动，终日手抄佛经。渐渐地，她真的爱上了这种安安静静的生活，虽是在后宫中，却找到了远离尘嚣的遁世之感。她的沉静内敛，她的端庄笃定，渐渐地吸引了李煜的目光。在她身上，李煜看到了一种宁静的智慧。看着她虔诚礼佛，李煜不禁既感动又敬佩。慢慢地，李煜找她的次数多了起来，他喜欢与她谈论禅理，一起探讨天地间的奥秘，两个人在佛学上互相引为知己，而乔氏也终于实现了吸引李煜注意的心愿。

有一次，李煜又收到乔氏派人送来的一卷精致的佛经，只见字字娟秀，美不胜收。多次收到乔氏的手抄佛经，他忽然心中一动，令人准备了金粉和纸张，然后用金粉亲自抄写了一卷《般若心经》。他的书法遒劲有力，在金粉的映衬下更显得富有活力，那卷佛经仿若有了灵魂，阳光铺洒下来，愈发明媚耀眼。李煜写完后亲手进行了装裱，然后派人回赠给乔氏。乔氏受宠若惊，她从来没想过竟然能收到国主的回赠，而且是金字佛经！乔氏将这卷佛经视若至宝，时时刻刻都带在身边。后来南唐覆灭，李煜遣散宫人，乔氏坚决与李煜一起前往汴梁。那一路异常艰辛，但她始终小心翼翼地保护着那卷佛经，唯恐佛经受损。后来李煜去世，她才恋恋不舍地将这卷佛经捐赠给相国寺。佛经的卷末，有她隽写的楷书题字：

故李氏国主宫人乔氏，伏遇国主百日，谨舍昔时赐妾所书《般若心经》一卷在相国寺西塔院。伏愿弥勒尊前，持一花而见佛。

彼时南唐已亡，李煜已故。如果没有那卷佛经，或许，她也不会毅然决然地要与李煜同赴汴梁。那卷佛经给了她对爱的期许，她的沉默，其实正是对爱情最歇斯底里的呼唤。

　　后宫女子各有智慧，为了能引起李煜的注意，大家可谓花样百出。有人苦练歌舞，有人钻研佛经，有人操练乐器，也有人学着小周后的样子研究香料。无论她们怎样做，终究都是为了吸引李煜的目光。不过，无论她们怎样努力，在李煜眼中，小周后依然是无可替代的。就像当年独宠大周后一人一样，此时的李煜独宠小周后，再多的宫娥彩女，在他眼中都不及心爱的小周后。那些女子满怀期待地走进后宫，原想着能得到君主的宠爱，却不料君主的万千宠爱只集于一人。她们只能任凭自己的青春在岁月里荒芜，朱颜渐老，而南唐，也日渐飘摇。

世事漫随流水，算来梦里浮生

几度花开花落，剥蚀多少美好过往。王朝更迭，时代变迁，当天下大势已经在向着"分久必合"的趋势发展，南唐，这个曾经鼎盛一时的王国必然免不了覆亡的命运。

就在李煜忙着与小周后花前月下、一众妃嫔忙着邀爱争宠的时候，赵匡胤已经灭掉后蜀，并准备进攻下一个目标了。赵光义杀掉了他最宠爱的花蕊夫人，对赵匡胤来说也许算得一件好事。花蕊夫人死后，他更加专注于国家大事，时刻筹谋着怎样一统天下。他才不会像李煜一样陷于儿女情长的琐事中，更不会因为花蕊夫人的死而哀毁骨立。经过一番筹划，他决定将南汉定为下一个目标。

北宋开宝三年（970），赵匡胤派潭州防御使潘美率领大军进攻南汉。南汉政权此时也已经大不如前，很多旧将都因谗言而被杀害，宗氏也被皇帝刘铄剪除殆尽。刘铄是个荒淫残暴的君王，比起孟昶，简直有过之而无不及。他认为群臣都有家室，会因为顾及家庭而不能尽忠于自己，因此只信任宦官，要求臣属必须自宫才能重用，导致当时宦官竟然多达两万余人。

刘铱荒淫无道，宫中穷奢极欲，对百姓的搜刮可谓"取之尽锱铢"。南汉百姓苦不堪言，多次揭竿而起。南汉军备废弛，当宋军攻来时，他们才惊讶地发现，很多兵器、铠甲竟然已经生锈甚至腐烂了，船舰由于日久失修，多已朽烂损坏。潘美所统帅的大军迅速攻克了南汉的贺州、昭州、桂州和连州。

奏报传来时，刘铱竟然没有任何危机感，反而非常高兴地说道：昭、桂、连、贺四州，本属湖南，宋军已然夺取，应该就满足了，必然不会继续南下。

刘铱如同痴人说梦，其愚昧昏聩已到如此境地。燕雀安知鸿鹄之志，赵匡胤的宏志，是刘铱这等愚昧之人无法理解的。潘美继续挥兵南下，直奔南汉的心脏地带——兴王府（今广州）。

就在赵匡胤进攻南汉的时候，李煜依然和以往一样沉浸在琴棋书画诗酒花的生活中。他每天写诗填词，与小周后沉浸在艺术的享受之中，对政事不闻不问。他以为，只要对北宋绝对臣服，赵匡胤就不会像灭掉荆南国与后蜀那样灭掉南唐。北宋进攻他国都是师出有名，至于南唐，北宋应该没有任何理由发兵攻击。

不过，惶恐忧虑总还是有的。眼看南汉在宋军的进攻下节节失利，李煜也不能不担心南唐的处境。如果南汉覆灭，那么南唐必然唇亡齿寒。

寻常人有了忧患意识，总要想办法来壮大自己，而李煜没有操练军队，更没有励精图治，而是将希望寄托在了虚无缥缈的神佛身上。他愈发虔诚地笃信佛教，希望大慈大悲的佛祖能够保佑南唐太平安定。

李煜的虔诚礼佛，正好给赵匡胤制造一个灭掉南唐的大好时机。当宋军以摧枯拉朽之势攻下一座又一座南汉的城池时，赵匡胤便已经在思考灭掉南汉后的举措了。南汉之后，南方地区便只剩下南唐了。赵匡胤希望南唐能够和平演变，若能不动用武力方是最好。当然，这只是一个预想，他还必须了解南唐的地形地貌，一旦进军南唐，他们必须熟知路径、地貌、民情，这样才能事半功倍。

赵匡胤得知李煜虔诚礼佛，便派了一些"僧人"前去刺探情报。事实上，这些"僧人"都是北宋的细作，他们伪装成和尚模样，只为掩人耳目，并考察南唐的实地情况。

在北宋派来的细作中，有一名叫作江正的年轻人，到了南唐后在名刹清凉寺剃度"出家"，假装跟着住持法眼禅师修行佛法。法眼禅师德高望重，非常受李煜的敬重，李煜经常请他进宫讲经。江正作为弟子，很快便获得了法眼禅师的信赖，每次进宫，都会让江正以贴身弟子的身份随行左右。

多次入宫后，江正对南唐的皇宫已经了如指掌。法眼禅师圆寂后，江正接替了法眼禅师的位置，成为清凉寺的住持，法号"小长老"。

小长老成了住持后，便也经常像法眼禅师一样进宫讲经。他经常投其所好，向李煜讲述佛家的因果循环、转世轮回等思想，让李煜愈发相信神佛的力量，并分散李煜对政治的注意力。有时候，当李煜为政治而烦恼时，听小长老讲经后便会"豁然开朗"，觉得那些烦恼都是庸人自扰。他越来越不关心政治，对北宋的统一战争毫不在意。可叹李煜一片虔诚，却不知眼前这个满口慈悲的人却酝酿着天大的阴谋。

李煜对小长老的话深信不疑，还推崇他为"一佛出世"。他越来越迷信佛教，几乎到了走火入魔的程度。在小长老的怂恿下，他大兴土木兴建佛寺。国库本就空虚，他又拨出一大笔款项来专门从事佛学的传播。在那段时间，南唐的僧人地位非常高，几乎等同于贵族。有些衣食无着的人干脆落发出家，以解决温饱问题。僧人不需要缴税，更不需要服兵役，因此，很多人为了逃避税款和兵役，也选择了落发出家。一时间，南唐的僧侣人数激增，而国库越发空虚。

小长老依仗着李煜的宠信肆意妄为，没有人敢指责一句。有一次讲经时，小长老竟然穿了一件昂贵的红罗绡金法衣。李煜有些不高兴，当即指责他说："大师经常说佛家主张节俭，不可过于奢侈靡费，今天看大师的穿着，是否违背了佛门清心寡欲的戒律呢？"

小长老不以为然，满不在乎地告诉李煜道："佛祖其实也爱富贵。贫僧这件法衣又算得什么呢？"

这句话可"点醒"了李煜，让李煜觉得很有道理。

此前，李煜每每想要用一些奢侈的物品或者大兴土木时还会有所顾虑，担心佛祖会怪罪自己，但听小长老如此说，便再无忧虑。既然佛祖爱富贵，那么为何不好好地兴建一些佛寺禅房，来发展佛教，以求得佛祖的庇佑呢？在小长老的建议下，李煜竟在牛头山兴建了上千间的佛寺禅房，并为住在那里的僧侣提供衣物、绢帛、米粮等生活物资。

僧人不需纳税，越来越多的人剃度出家本就是财政上的一项损失，现在又要从国库拨款来养他们，这又是一大笔开销。

为了能更方便地礼佛，李煜特意在皇宫中兴建了永慕宫禅院。这样一来，他就不用经常出宫往寺院跑了，在皇宫里就可以修行佛法。既然是禅院，那么必然会有僧侣。这些僧侣除了从宫外搬进来的，还有一部分本来就是宫中的人。尤其是那些宫娥彩女，为了能得到国主的垂爱，竟纷纷手捧佛经，来表示自己与国主志趣相投。谁不希望成为国主的知心人呢？但凡是李煜喜欢的，她们都会爱屋及乌。有一些年纪较大的宫娥，知道自己青春已逝，凭借美貌来赢得国主的青睐已经是不可能的了，干脆剃了头发遁入空门，这样既可以得到李煜的赏识，又能安度晚年。有些宫娥一辈子都不曾见幸于国主，人至暮年，竟因出家而得到了李煜的赏识。

随着剃度宫娥人数的增多，宫中仅有一座禅院已经不够用了，于是李煜再次大兴土木，命人兴建了净德尼禅院。顾名思义，净德尼禅院是专门供宫娥们修行佛法的，李煜看着越来越多的人加入信佛的行列，心中非常高兴，认为佛祖一定能感受到他的诚心，一定会庇佑南唐，保住南唐基业。

礼佛是李煜每天的必修课，他心爱的小周后自然也是如此。每天清晨，李煜和小周后都要虔诚地拜佛，他们头戴僧伽帽，身披红袈裟，在金碧辉煌的佛像前双双跪倒，先是虔诚地诵读经文，然后恭恭敬敬地叩拜佛像。为了表示自己的虔诚，李煜每次叩头都十分用力。日久天长，李煜的额头竟然磕出了瘀血，并渐渐地长成了一个红肿的瘤赘。

身为一国之君，李煜竟荒唐至此。当小长老将这里的一切悄悄告诉赵匡胤时，赵匡胤非常高兴，高兴之余，又忍不住为之叹息。

在李煜看来，禅师如同天降，是一种非常神圣的存在。有一次，他巡视僧舍时看到小沙弥在那里削厕筹（又称厕简，俗称搅屎棍，古人便后用来拭秽的木条或竹条，一般可用清水洗后反复使用，富贵人家的厕筹还会雕刻上精美的花纹图案）。这些厕筹是专门供禅师来用的，李煜竟拿起厕筹摸了摸，然后又放在脸上试了试——他唯恐厕筹留下锋利的芒刺会刮伤禅师臀部的肌肤。

堂堂一国之君，竟然为禅师用脸试厕筹，也是一件奇闻了。

李煜对僧人们的体贴入微还不止于此，对待那些作奸犯科的僧人，李煜也总是力图袒护。真正的出家人之所以要落发遁入空门，都是因为看破红尘，早已将功名富贵视如云烟，而南唐时期很多人出家为僧为尼，却恰恰相反。他们正是为了更好地获得功名利禄、荣华富贵，才选择出家。因此，很多所谓的"僧尼"只是在穿着打扮上像个僧尼，内心里依然困守红尘，为人世间的柴米油盐、喜怒悲欢所牵绊。

尼姑与和尚也有普通人的七情六欲，大家久处宫中，难免互生爱慕。有一次，一对僧尼的恋情被人发现，这是不可饶恕的罪过，住持打算重重地惩罚他们。然而李煜听说后却觉得他们可怜，甚至特意过去为他们说情。

那对僧尼情侣在李煜的庇佑下最终没有受到惩罚。他们对李煜感恩戴德，而李煜则觉得自己做了一件大好事，觉得自己能够成全一对恋人非常欣慰。

然而，对恶人的成全未必是一件好事。那对僧尼从此在李煜的庇佑下愈发有恃无恐，经常公然做出一些亲密的举动。其他的年轻僧尼也难免效仿一二，而住持因为此前的事也不愿意深管，只能睁只眼闭只眼。

李煜是个虔诚的佛教徒，他时刻遵循佛教教义，努力慈悲为怀，即便是对监狱中的囚犯，也往往重罪轻罚，小罪往往直接无罪释放。更为荒唐的是，每至斋戒日，他还会点起一盏"决囚灯"，即在宫中的佛像前面点燃一盏明灯，时人称之为"命灯"。这命灯象征着一个囚犯的生命，如果命灯能够一直燃到天亮，那么就免去囚犯的死刑；如果命灯不幸熄灭，那么就将囚犯依法处决。

"命灯"能够燃到天亮，往往不取决于天意，而取决于人为。那些有钱有势的死囚便重金买通宫中的宦官，偷偷在命灯中添加灯油，以求得命灯不灭。而李煜总是以为佛祖显灵，竟真的满心欢喜地赦免了死囚犯的死刑。

既然犯罪也不需要付出多大的代价，那些作奸犯科之人便愈发猖獗。而李煜尚不知，眼前这虚拟的繁华，竟会是赵匡胤为自己量身定制的陷阱。

南唐的三千里地山河，在李煜"笙歌醉梦间"的堕落生活中日渐凋零。李煜心地仁善，但他的善良却总是给了那些阿谀奉承的小人，对于忠诚耿直的臣子却往往排斥在外。

李煜崇佛几近走火入魔，无论是国家大政，还是生活中的点滴小事，往往都渗透着佛学观念。一个人有信仰固然是好事，但如果把信仰变成了一种迷信，那么无论多崇高的信仰，都会成为迷途。

李煜大肆崇佛，臣民也跟着一窝蜂似的迷信佛教，但还是有少数的清醒者洞悉着眼前的一切，比如歙州进士汪焕。汪焕冒死写了一封进谏奏章《谏事佛书》：

> 昔梁武事佛，刺血写佛书，舍身为佛奴，屈膝为僧礼，散发俾僧践。及其终也，饿死于台城。今陛下事佛，未见刺血践发，舍身屈膝，臣恐他日犹不得如梁武也。

汪焕直言：梁武帝信奉佛教，用自己的血来书写佛经，躬身事佛，最后竟然凄惨地饿死于台城。现在国主事佛，虽然没有像梁武帝一样"刺血践发，舍身屈膝"，但是如此荒唐下去，恐怕将来的结局还不如梁武帝。

汪焕写下这封谏言，大概是抱着必死的决心。纵观历史，李煜最后被赐牵机毒酒，据说死时头脚相就，其状可怖至极，而汪焕的话，也算是一语成谶。

李煜读到这封谏言，自然是不高兴的。这种诅咒一样的谏言，有谁会喜欢呢？不过，他还是钦佩汪焕的勇气，感叹道："此又一敢死之士也。"

最后，李煜并没有治汪焕的罪，还提拔他做了校书郎。

不过，并不是每一个冒死进谏的臣子都能得到这样的待遇，汪焕只是众多谏官中的幸运儿。如果每一个冒死进谏的臣子都能像汪焕一样得到重视，如果每一天的谏言李煜都能认真对待，那么南唐也不至于倾覆。

汪焕得到提拔，本来还以为自己的谏言能起到作用。但时间一天天过去，他失望地发现，国主不仅没有放弃事佛，还比以前更甚，仿佛他冒死进谏的事情从来不曾发生过一样。

作为君王，雄才大略往往比善良更重要。甚至有时候，善良会成为一名政治家的致命弱点。李煜的"慈悲"，不仅没有让南唐兴国安邦，反而给国家也为自己招来了无穷祸患。一些奸佞之徒也将自己伪装成僧侣，虽然披着袈裟，却做着龌龊卑鄙的勾当。

小长老成为清凉寺住持后得以见到更多形形色色的人，他在这些人中也经常物色一些唯利是图的人，对他们许以重金，让他们做一些出卖国家的事情，比如勘查南唐地貌。樊知古，便是小长老物色到的最佳人选。

樊知古本名樊若水，南唐池州（今安徽贵池）人。之所以改为樊知古，还要从赵匡胤说起。赵匡胤召见他时曾问起他名字的由来，樊知古回答道："小人仰慕唐代尚书右丞倪若水大人的光明磊落、刚正不阿，因此效仿先贤，以若水为名。"赵匡胤听罢哭笑不得，因为唐代那位光明磊落、刚正不阿的尚书右丞大人不叫"倪若水"，而是叫"倪若冰"。

赵匡胤打算为其正名，改成"樊若冰"，但是念了两遍，觉得"若冰"谐音"弱兵"，似乎不利于一统天下，于是为其改成"樊知古"，以示其知晓古人古事。

当然，这是后话。此时的樊知古还是叫作"樊若水"，他本是个老老实实的读书人，和千千万万的读书人一样，希望能够通过科举考试步入官场。但奈何他屡试不第，渐渐地对仕途心灰意冷，心中总有一种怀才不遇的情绪。为了生活，他辗转漂泊到金陵西南的采石矶（今安徽马鞍山附近）。作为一个文弱书生，他实在没什么可做的，除了帮人写写书信以赚取润笔，几乎没有可以赚钱糊口的路子。

所幸李煜崇信佛教，对佛教徒倍加关怀。樊知古于是混进了清凉寺，在寺中混吃混喝。也正是因此，他结识了改变他命运、也改变了南唐命运的那个人——小长老。

衣食足而知荣辱，当最基本的温饱问题都难以解决时，人性往往也面临着巨大的挑战。樊知古在小长老的重金诱惑下，甘愿去做卖国求荣的勾当。如果宋军进攻南唐，对长江天堑的水文情况势必要有详细的了解。小长老让樊知古悉心探测长江的水文情况，最深处有多深，最浅处有多浅，哪里最窄，哪里最宽，乃至水流的缓急，全部用精准的数字记录下来。

不得不说，樊知古是个蛮听话也蛮认真的人，为了能得到精准的数据，他一连很多天夜里踩着朦胧的月光来到长江岸边，或是在岸边来回丈量，或是驾着小舟来往穿梭。他将亲测的数据仔细地记录下来，不出一月，便绘制了一张精确的长江地图。

这张地图为后来赵匡胤的大军渡过长江提供了重要的参考，那些精准的数据，成了南唐致命的威胁。绘制完地图后，樊知古带着小长老的密信，昼夜兼程逃离了南唐，直奔北宋的都城汴梁。

这种危险的行为一旦被人发觉，那便是死罪。更重要的是，如果樊知古被抓捕，凭他的人品，一定会供出小长老。因此，小长老决不允许这样危险的事情发生，在看到樊知古精心绘制的地图后马上写下密信让他带着前往汴梁。

在勘察长江水文的过程中，樊知古不仅进行了精准的绘图，还总结出了一套渡江策略：造浮桥，渡天堑。

樊知古顺利见到了赵匡胤，也是在这一次见面中，有了上文提到的改名典故。樊知古将酝酿了许久的渡江策略和盘托出，并解释道："以浮桥渡江，不仅能缩短渡江的时间，还能减少将士的伤亡。"赵匡胤频频点头，对他表示赞赏。后来宋军渡江进攻金陵，的确采用了该计策。

樊知古有生以来第一次受到别人这般赞许，不禁非常兴奋。他在人才济济的南唐屡试不第，但是在北宋，竞争却没有那么激烈。赵匡胤特意准许樊知古在汴梁参加科举考试，樊知古凭借多年来积累的学问以及赵匡胤的赏识推荐一举中第，考中了进士，并经过吏部被授予舒州军事推官，参与策划征伐南唐的事务，还专门负责搜集南唐的军事机密，并掩护北宋情报人员在南唐潜伏。

对于樊知古来说，赵匡胤是他命中的伯乐，为报知遇之恩，樊知古尽心竭力地做着每一件事。他是南唐的罪人，但是从他个人角度来说，南唐黑暗的政治才是根源。如果他能在南唐受到李煜的赏识，或许也会为李煜赴汤蹈火。一个懂得报恩的人，再坏也坏不到哪里去，只不过他所选择的这条路注定为人所唾弃，而他，也注定要背负千古骂名。

当樊知古在北宋混得风生水起时，他的家人依然留在南唐。常驻汴梁的眭昭符得知新科进士樊知古竟是来自南唐的叛徒后格外气愤，当即赶紧修书一封派人送到金陵。而此时的皇宫依然歌舞升平，李煜正忙着写诗填词，为宫娥们谱写新的歌曲。当他得知有一个叫作樊若水的书生叛逃，摇身一变成了北宋的樊知古，还带走了长江详细的水文图，不禁有些害怕，赶紧召集大臣商量对策。

朝臣们都非常气愤，纷纷表示必须严惩樊知古及其家属，既然樊知古已经逃走，那就应拿他的家属开刀，这样也能起到杀鸡儆猴的作用，以震慑那些蠢蠢欲动的奸佞之徒。

然而此时的李煜却投鼠忌器，担心这样做会惹怒了北宋，因此只是把樊知古的母亲和妻子软禁起来，没有对她们做出任何伤害的事，甚至还好吃好喝地供养着。

樊知古叛逃北宋后，深知自己已成南唐的罪人，一旦回到南唐，被捉住便必死无疑，因此离开南唐后再也没敢回去过。唯一让他牵挂的，便是家中的母亲与妻子。他知道自己的形迹已经败露，母亲与妻子必然会受到连累。如果南唐因此而杀掉他的母亲与妻子，那么所谓的荣华富贵也没有什么意义了。为此，他特意上书赵匡胤，请求将身在南唐的家人接到汴梁，好一家人团聚，以后也能更加心无旁骛地为北宋效力。

赵匡胤很是体恤他，当即同意了他的请求。当天，赵匡胤便派人以大宋国的名义晓谕南唐，要求李煜派人将樊氏婆媳护送至宋国。

这令南唐群臣倍感气愤，甚至是耻辱，纷纷提议直接杀掉樊氏婆媳。而此时李煜却暗中庆幸——此前幸亏没有杀掉樊氏婆媳，否则岂不是无法向宋国交代？最后，李煜不顾大家反对，坚持派人将樊氏婆媳安全送出了南唐，并由赵匡胤派来的人接应至汴梁，樊知古一家人终于团聚。

李煜以为一切顺着赵匡胤的意思，便可以高枕无忧了。送走樊氏婆媳后，他继续与小周后享受花天酒地的生活。金陵城里兴建了一座又一座寺院，僧尼越来越多，而李煜兀自天真地以为神佛的力量越来越大，可以护佑南唐周全。

此时北宋对南汉的战争已经接近尾声，灭掉南汉是早晚的事。为了能早日实现一统天下的心愿，赵匡胤在樊知古家人入宋后，很快便派兵发起了对南唐的战争。当然，这只是小规模的战争，赵匡胤只是想吓唬吓唬李煜，好让他主动归降。他希望能兵不血刃地接管南唐，而不是通过战争。南唐不出意料地惨败，李煜上表求和，并送上了大笔钱财，赵匡胤于是暂时停战。

随后南唐著名武将林仁肇极力劝谏李煜夺回淮南失地。林仁肇战功赫赫，对军事形势也了如指掌。他在心中揣度良久，已经酝酿了一套详备可行的方案，并向李煜陈述道：淮南兵力很弱，宋国连年用兵，先后平定西蜀、荆湖、岭南，千里奔波，士卒疲惫，从兵家战略来看，这正是可乘之机。陛下只要给臣数万兵马，臣就能夺取淮南。陛下可以对外宣称臣起兵反叛，那么臣若成功，淮南归国家所有，臣若兵败，陛下可诛我满门，以此表示陛下并不知情。（据《十国春秋·林仁肇传》："宋淮南诸州戍守单弱，而连年出兵，灭西蜀，平荆湖，今又取岭表，往返数千里，师旅罢蔽，此在兵家为有可乘之势。请假臣兵数万，出寿春，渡淝、淮，据正阳，因其思旧之民，累年之粟，复取淮甸，势如转丸。臣起兵日，仍驰闻北朝，言臣据兵窃叛，事成归国，否则请族臣，以明陛下无二。"）

李煜闻言非常惊骇，虽然为他的忠心而感动，但若与北宋为敌，借他一万个胆子也不敢。他满面惊惧地说道：你千万不要胡说，这会连累到国家的。（据《十国春秋·林仁肇传》后主惊曰："无妄言，宗社斩矣！"）

没过多久，李煜任命林仁肇为南都（今江西南昌）留守、南昌尹。

林仁肇的忠心天地日月可鉴，为了南唐，就算付出生命的代价也在所不惜，可怜这样一位忠肝义胆的将领，后来竟被李煜用一杯鸩酒毒杀，何其可悲！当然，这是后话。

北宋开宝四年（971）二月，南汉彻底覆灭。当时，刘铱面对宋军的步步紧逼，知道江山社稷已经保不住了，便挑选了十几艘船，满载金银财宝与后宫嫔妃，准备逃亡入海。然而还没等他上船，那些船舶就被他平素最宠信的宦官盗走潜逃，刘铱见大势已去，只好投降。赵匡胤任刘铱为右千牛卫大将军，并加封恩赦侯。

这一年李煜三十五岁。眼看着周边国家一个个被北宋灭掉，李煜不能不日益惊惧。他上表陈情，并派遣弟弟李从善带着大量的金银厚礼前往汴梁朝贺。在表文中，他自请去掉南唐国号，改成江南国主。

这大概也是从他那个不争气的父皇那里学来的。多年以前，李璟被迫去掉帝号，而现在，李煜竟自请去掉国号，若烈祖李昪泉下有知，该是何等愤怒与伤心！既然要去掉国号，那么其他礼制、官制也会相应贬损，如下诏书不能成"敕"而只能称"教"，中书、门下、尚书三大部门都降一个等级，改为左内史府、右内史府和司马府，其他所有国家机构也都依次自降一级。除此外，李煜还请求赵匡胤对其赐诏呼名。

从此，"江南国"取代了"南唐国"，就连李煜用的印玺也改成了"江南国印"，曾经封王的李氏子弟，也都一律降格为国公，如韩王李从善改称南楚国公，吉王李从谦改称鄂国公等。

赵匡胤自然非常高兴，并答应了李煜的一切请求，毕竟这些都是有利于宋的。但是，赵匡胤却不肯放李从善回去，这送上门来的人质，他又怎能轻易放他回去呢？为了掩人耳目，赵匡胤还加封李从善为泰宁军节度使，表面上来看似乎不错，但却是有名无实，加封以后，赵匡胤一直没有让他赴任，还赏赐了一座豪华的府邸给他，其实是将他软禁起来。

李煜与李从善兄弟情深，得知弟弟被赵匡胤软禁，不禁非常担忧，累次上表请求赵匡胤将弟弟释放，但都未果。李煜自作自受，也只好忍气吞声。他所能做的，只能是求神拜佛，希望弟弟在宋国一切平安。

一杯鸩酒

南唐的三千里地山河，处处弥漫着佛学的气息。如果单纯地靠信仰能够救国，那么军队与武器还有什么意义呢？李煜的天真，只是成就了赵匡胤的野心，却毁掉了南唐的基业。

南汉刚刚覆灭的时候，宋国曾在荆南地区秘密建造了数千艘战舰，附近的商人知道后，赶紧密报国主，并请求国主将其焚毁。李煜明知道那数千艘战舰必然是用来攻打南唐的，但是想到南汉的惨象，他实在不敢得罪赵匡胤，如果贸然将其焚毁，只怕赵匡胤马上就会统率千军万马进攻南唐。

尽管商人苦苦进谏，李煜还是没敢采取任何行动，任凭宋军建造了那数千艘战舰。后来，在北宋进攻南唐的时候，那些战舰起到了重要作用。

就连普通商人都看出了赵匡胤的狼子野心，而李煜兀自相信奇迹，实在是可悲可叹。

李煜对宋国的毕恭毕敬，甚至是卑躬屈膝，不仅没有换来赵匡胤的同情，反而招致了更多的压迫与羞辱。北宋开宝六年（973）四月，赵匡胤向李煜又提出了一个过分的要求："借用"江南现存州、军的山川形势图一用，理由是"朝廷重修天下图经，史馆独缺江东诸州"。这样冠冕堂皇的理由，已经完全暴露了赵匡胤吞并南唐的野心。就算是不懂兵法的人也看得出来，赵匡胤只是想借此了解南唐的山川关隘以及军事布防，好为向南唐进军做好准备。

此前，北宋潜伏于南唐的诸多情报人员只是暗中刺探、测量，而这一次，赵匡胤竟然明目张胆地索要，其嚣张气焰可见一斑。明知道宋国的企图，李煜还是不敢怠慢，竟然真的命人复制了一份绘有山川、水文等详细地貌的南唐疆域图送给了北宋。

少年时期，李煜饱受皇长兄李弘冀的压迫，总是拼命地逃避那些政治斗争。然而，他这一生都无法脱离政治，再过人的文采，再动人的诗篇，终究只能做政治的陪葬。

眼看着国家蒙受耻辱，林仁肇再度献策，也不出意外地再度遭到拒绝。虽然如此，但金陵城内遍布赵匡胤的眼线，这件事很快就传到了赵匡胤耳朵里。

赵匡胤得知林仁肇的计策后又是震怒又是惊骇，幸亏李煜拒绝了他的提议，如果同意了，真不知后果如何。赵匡胤细细想来，南唐军不足惧，唯有林仁肇是他真正忌惮的。要想吞并南唐，就必须先除掉林仁肇。

思来想去，他决定借李煜之手来除掉林仁肇。

赵匡胤命潜伏在南唐的细作想办法拿到了一张林仁肇的画像，然后将那幅画像挂在了一座豪华府邸中最显眼的位置。一切准备停当后，他派人召来了被软禁在汴梁的李从善。

李从善一进府邸，便看见了那张林仁肇的画像，不禁非常震惊。他认得林仁肇，那是南唐名将，他手中掌控的，不仅仅是军权，更是整个南唐的安危。

看到李从善诧异的目光，赵匡胤故作镇定地问他道："王爷认得此人？"

李从善点点头，紧张地问道："此乃江南国名将，陛下为何有此画像？"

"他想归降我大宋，故先送此画像以作凭证。"赵匡胤回答道，随即又说："这处宅院，便是朕赏给林卿的府邸，只待林卿归降，到时候你们还能叙叙旧。"

李从善不知是计，顿时心中大骇。自己虽然被软禁于此，但是心依然在南唐。想到哥哥这么器重林仁肇，而他竟然要背叛南唐，不禁格外气愤。回去后，他立即修书一封，将这个天大的"秘密"写在信上，然后悄悄派人送至金陵。

其实，李从善的一切行为都在赵匡胤眼中。他要的就是这样的效果，他只是动动嘴皮子的事，李氏兄弟就能为他除掉心腹大患，何乐而不为呢？

李从善的"密信"送到李煜手中时，李煜也大吃一惊。他从未想过忠心耿耿的林仁肇竟然会出卖自己，联想到前些日子林仁肇献策收复淮南的事情，他当时虽然不敢接受，但还是非常感动，说不定他当时就是想借机叛逃，难怪会那么信誓旦旦！李煜越想越生气，如果林仁肇真的叛逃，那么后果不堪设想。他也有过怀疑，但是想到金陵与汴梁相隔甚远，如果不是林仁肇将画像送过去，赵匡胤又怎能有他的画像呢？

李煜迟疑不决。这种时候，最怕有人添油加醋、煽风点火，而李煜身边从来不缺少这样的人，比如张洎。张洎这个人虽然颇有才华，但最是嫉贤妒能。李煜一个人不知怎样决断，于是找来几个信得过的臣子，和他们商讨对策。张洎听完后，当即建议李煜马上杀掉林仁肇，以绝后患。

惊疑不定之间，李煜决定听张洎的建议，宁愿错杀，也不能错放。既然他们已经知道这个消息，那么林仁肇随时都有可能叛逃，甚至是举兵谋反。想到此，他决定先下手为强，杀掉林仁肇。

于是在北宋开宝六年（973）的五月，一杯鸩酒被送到了林府，可怜林仁肇连为自己辩白的机会都没有，就被迫饮下了那杯鸩酒。一代名将，没有死在马革裹尸的沙场上，而是死在了政治的阴谋与君王的不信任里。饮下那杯酒时，林仁肇的内心该是怎样绝望？

李煜或许从来没有想过，仅仅是在五年之后，自己竟然也会死于同样的方式。此时他杀掉的是林仁肇，从某种意义上说，他杀掉的也是自己。

林仁肇之死在朝野中引发了震动。大多数人都为此感到心寒，林仁肇的冤屈是显而易见的，旁观者清，李煜作为当局者，竟没有看清事情的真相，不分青红皂白便毒杀忠臣，无论他后来如何悔恨，这个污点是他永世难以抹掉的。

南唐太常寺奉礼郎陈乔非常器重林仁肇，经常对别人说："若使林仁肇在外带兵，我陈乔在中央掌握朝政，那么我国虽国土狭小，宋国也难以图谋。"林仁肇含冤而死，他仰天叹息道："国家到了如此地步，还要杀害忠臣，真不知老夫将死于何方！"之后，他一连感伤了好几天。

林仁肇死后，李煜竟觉得心安了许多。他在小长老的怂愚下继续迷信佛教，与小周后沉浸在歌舞升平的享乐之中。

时间仿若潺潺流水，在点滴中流尽年光。南唐的后宫中奢靡无度，而民间百姓，却早已苦不堪言。沉重的苛捐杂税，如同一座大山压在百姓肩膀上，民间怨声载道，而李煜依然只顾享乐。他以为把一切事情交给朝臣去办就好了，却没有想过，自己没有为臣子们树立一个良好的榜样，臣子自然也会一样上行下效，文恬武嬉。南唐的江山，只剩下表面的富庶，内地里早已风雨飘摇。

当然，李煜的荒唐也并非完全源于自己，多年以前，父亲李璟也没能为他树立一个良好的榜样。逆溯时光，多年前的一个宴会上，李璟曾在酩酊大醉时命俳优（古代以乐舞谐戏为业的艺人）杨花飞唱《水调词》来助兴。

当时李璟耽于享乐，曾经与烈祖李昇一起打下江山的元老们敢怒不敢言。杨花飞虽是地位较低的俳优，但却刚直正义。他在唱《水调词》时借机讽谏，故意连唱了四遍"南朝天子爱风流"，虽是唱出来的，却字正腔圆，即便李璟已经酩酊大醉，还是清晰地听见了每一个字。他是个深谙诗词的人，自然一下子就听出了这句诗出自唐代诗人李山甫的《上元怀古》：

> 南朝天子爱风流，尽守江山不到头。
> 总是战争收拾得，却因歌舞破除休。
> 尧行道德终无敌，秦把金汤可自由？
> 试问繁华何处在，雨苔烟草古城秋。

听见杨花飞意味深长的歌唱，浑浑噩噩的李璟忽然有醍醐灌顶的感觉。逆溯历史，南朝陈后主因贪恋酒色而误国，"爱风流"的下场，便是"尽守江山不到头"，多少繁华过往，只落得一川烟草、一片荒芜。

杨花飞希望能用历史上的教训唤醒李璟，而饱读诗书的李璟，又何尝不知道这个典故呢？在听到杨花飞的歌唱后，他顿感满腔热血上涌，当即发誓一定要完成父亲遗愿，统一天下。他对杨花飞的谏言非常感动，也非常感激，在众人面前重重赏赐了杨花飞。

当时，杨花飞和很多朝臣非常开心，以为李璟从此真的能励精图治，然而李璟只是三分钟热血，所谓的誓言，只是一时的冲动而已。他虽然能虚心纳谏，却不能真正践行。

其实反观李煜，我们不难发现，这父子俩何其相似！

李璟没有为李煜树立一个良好的榜样，李煜在不知不觉中便成了第二个李璟，甚至是有过之而无不及。在任用朝臣上，李煜和李璟一样只喜欢有才华的人。当然，有才华的忠良之臣也有很多，敢于直谏的不在少数，而潘佑便是其中一个。

潘佑能言善辩是朝野皆知的。他凭着三寸不烂之舌令无数人心服口服，过人的辩才给他带来了锦绣前程，却也为他人生的悲剧埋下了伏笔。潘佑正直敢言，看着李煜一天天沉迷于酒色之中，看着朝中文恬武嬉、南唐国事日衰，他不禁心生焦虑，于是三番五次呈上奏疏，请求李煜不要沉湎于享乐，要看一看民间疾苦。他一条条罗列时弊，字字句句皆切中要害，而这也正是李煜不愿意听见更不愿意面对的。起初，潘佑还是委婉讽谏，但见国主丝毫没有纳谏的意思，干脆直言上疏，语句非常犀利。

李煜对于臣子们的谏言往往是大加赞赏的，即便不能履行，也总要假装表个态。对于潘佑的谏言，他依然使用以前的老套路，先称赞潘佑一番，过后依然我行我素。潘佑已经看透了他的伎俩，于是谏言一次比一次激烈。为了扭转南唐颓势，他还主张实行变法。

潘佑呈上了第七封奏疏，并在奏疏中极力举荐李平，希望能让李平担任尚书令。李平年少时曾为道士，经常对别人讲一些方术符箓、仙人神鬼之类的论说，因此朝中一些人对他颇有成见。向来与李平不和的徐铉、张洎更是排斥李平，见潘佑极力举荐李平，竟直斥李平蛊惑潘佑。李平百口莫辩，他与潘佑向来交好，也曾多次私下里讨论怎样才能安邦兴国。他没想到，耿直的潘佑竟然记在心中，还向国主极力举荐自己。他为潘佑的言行而感动，更为那些落井下石的同僚而心寒。

李平本来就是经潘佑推荐逐步为李煜所任用的。他曾经按照《周礼》采取井田制，造民籍合牛籍，即将百姓以及耕牛登记注册，大致相当于现在人人必备的身份证，就连耕牛也有了"户籍"。这对于农业生产来说是非常重要的，这些措施极大地保护了耕牛，也维护了农民的利益。

但凡新政有利处，便会触动一些人的利益。面对这项政令，那些豪强劣绅不仅要归还以前兼并的土地，还要补缴巨额税款。因此，很多人对李平早已恨之入骨。虽然李平为国家做出了这么重要的贡献，但李煜对他还是没什么好感。因为他信奉道教，而李煜信仰的是佛教，无论李平怎样努力，他们君臣之间，仿佛永远有一条不可逾越的鸿沟。

李煜听信了徐铉、张洎等人的话，将早就看不顺眼的李平打下了大狱。在这种严峻的形势下，时任内史舍人的潘佑于开宝六年（973）十月呈上了第八封奏疏。他在奏疏中直言道：

> 三军可夺帅也，匹夫不可夺志也。臣乃者继上表章凡数万言，词穷理尽，忠邪洞分。陛下力蔽奸邪，曲容谄伪，遂使家国，如日将暮。古有桀、纣、孙皓者，破国亡家，自己而作，尚为千古所笑。今陛下取则奸回，败乱国家，不及桀、纣、孙皓远矣！臣终不能与奸臣杂处，事亡国之主。陛下必以臣为罪，则请赐诛戮，以谢中外。

这封奏疏的言辞已经激烈到极致，试问哪个国君，能面对"臣终不能与奸臣杂处，事亡国之主"那样的言论还波澜不惊？这一次，李煜再也不能容忍，直接将那封奏疏摔在了潘佑的脸上，下令将潘佑也关进监狱。

他终究是念着旧情的，曾几何时，李煜总是亲切地叫他"潘卿"，国家的大事小情，他常常与潘卿商议，甚至连自己与小周后的婚礼，都有潘卿的功劳。私下里，他们算得上挚友，无论如何，他是不忍心杀掉潘佑的。按照潘佑这封奏疏，已经足以定死罪了，但李煜也仅仅是将他关进监狱，打算关几天吓唬吓唬他，就放出来。如果不做做样子，也难服悠悠众口。

然而李平得知潘佑竟然也被下狱的消息后非常失望，万念俱灰之下，竟在狱中自缢而亡。他希望能用自己的死来证明自己和潘佑的清白，他们的努力是为了南唐的江山社稷，绝非个人的荣宠。

消息传出后，满朝文武非常震惊，李煜也当即释放了潘佑。而潘佑得知李平已死，更是心灰意冷，回到家后竟也自尽了。既然国主已经不再相信自己，能够挽救南唐颓势的人也已经逝去，人生的所有希望，已经成了梦幻泡影，这茫茫人世，他还有什么好留恋的呢？如果可能的话，他希望用自己的死亡来唤醒国主，让他认清眼前形势，从此励精图治，扭转南唐颓势。

李平和潘佑相继自尽，虽然他们不是李煜亲手所杀，但终究与李煜脱不了干系。得知潘佑自尽于家中，李煜忍不住掩面流泪。即便潘佑痛斥他是昏君，他依然割舍不下这段情谊。无论如何，潘佑也是为国家而死。

历史上有数不清的"文死谏"的悲剧，因此臣子们向皇帝进言总要提心吊胆，唯恐哪句话惹怒了国君而丢了身家性命。眼看这两人落得这样悲惨的下场，南唐朝中那些原本还想向国主谏言的臣子们都不敢多言，一时间万马齐喑，而奸邪小人却志得意满，好一个"黄钟毁弃，瓦釜雷鸣"。

多年以后，潘佑的那句"亡国之主"一语成谶，李煜悔不当初地叹息道："当初我错杀潘佑、李平，悔之不已！"然而那又能怎样呢？彼时斯人已逝，南唐已亡，再多的悔恨，都无法挽回昔日的荒唐。

每一个覆亡之国，其实都不乏贤臣，只是昏聩的君主不懂得亲贤远佞，将贤臣排斥在千里之外，奸猾小人却被委以重任。当然，在国家政治面前，政见不同都是正常现象，每个人都有自己的想法。对于潘佑和李平的死，我们不能完全加在徐铉、张洎等人身上。他们也有自己的一套理论方针，只是身为君王，李煜不能化解臣僚之间的矛盾，反而站在其中一派的立场上去攻击另一派，如同两个孩子吵架，父亲不分青红皂白，只凭个人偏见直接责骂其中一方，这令人何等伤心！

南唐枉死的贤臣，又何止林仁肇、李平、潘佑呢？李煜耳根子软，最怕别人吹耳边风，只有那些巧舌如簧的圆滑之人才能在其身边永保平安。中正耿直的人，有时候连为自己辩解的话都懒得说，信任你的人不需要你的解释，不信任你的人，你解释再多也没有用。李煜尚不知，多少贤臣在他身边一个个离去，或被杀，或被贬，李煜施与他们怎样的命运，南唐便有怎样的明天。一个王朝的覆灭，从来不是一瞬间就分崩离析的。李煜自毁长城，南唐又怎能不灭呢？

第八章

万劫不复：教坊犹奏别离歌

卧榻之侧，岂容他人鼾睡

曾经繁华鼎盛的南唐已是风雨飘摇，黄钟毁弃，瓦釜雷鸣，李煜兀自相信奇迹，以为自己的虔诚能够感动神佛，可以凭借神佛的庇佑躲过宋军的铁蹄。最让他不能释怀的，便是弟弟李从善依然被软禁在汴梁。

林仁肇被鸩杀不久，汴梁城又传来了一些风言风语——赵匡胤赏赐了很多珍宝和美女给李从善，李从善在汴梁城终日耽于酒色，乐不思蜀。

显然，赵匡胤又玩起了老把戏。在成功离间了李煜和林仁肇的关系后，又开始离间李煜和李从善兄弟俩了。这一次，李煜总算没有被流言蒙蔽。他越来越思念弟弟，他相信弟弟是被软禁的，而非真正想要留在汴梁。但是他一个人相信又有什么用呢？这个流言几乎传遍了整座金陵城，街头巷尾，人们都在议论李从善乐不思蜀的事。

最痛苦的莫过于李从善的妻子。她对那些疯传的流言深信不疑，因此多次强行闯进宫中向李煜哭诉她的苦楚，埋怨李煜不该派自己的丈夫出使汴梁。李煜心地仁善，与亲人在一起从来没有国主的架子，所以对弟妹也是极尽包容。

李煜知道弟弟与妻子感情很好，他自己也深知相爱之人生生分离是一种怎样的痛楚。弟妹的哭诉，更加增深了他对弟弟的思念，当然更多的，还有担忧。

时间一天天过去，转眼到了重阳佳节。每年的重阳节，他都会与弟弟一起赏菊登高，而今年的重阳节，却只有他一人。想到"遥知兄弟登高处，遍插茱萸少一人"的句子，他不禁泪满衣衫。对弟弟的担忧和思念，完全冲淡了佳节的喜悦。朝臣邀请他出去登高赏菊，他婉言谢绝了，弟弟不在，他不知道登高还有什么意义。

朝臣们都携家人登高去了，而李煜却失魂落魄地进了书房。他提起笔，将心中的泪凝结成字、挥洒成文，一篇文采飞扬的《却登高赋》由此而来：

> 玉翠澄醪，金盘绣糕，茱房气烈，菊蕊香豪。左右进而言曰：维芳时之令月，可藉野以登高。羽上林之伺幸，而秋光之待褒乎？余告之曰：昔时之壮也，情椠乐恣，欢赏忘劳。捐心志于金石，泥花月于诗骚，轻五陵之得侣，陋三秦之选曹。量珠聘伎，纫彩维艘，被墙宇以耗帛，论丘山而委糟。岂知忘长夜之靡靡，累大德于滔滔。怆家艰之如毁，萦离绪之郁陶。陟彼冈矣企予足，望复关兮睇予目，原有鸽兮相从飞，嗟予季兮不来归。空苍苍兮风凄凄，心踯躅兮泪涟洏。无一欢之可作，有万绪以缠悲。于戏，噫嘻！尔之告我，曾非所宜。

李煜对文字有着强大的驾驭能力，而对于政治江山，却只能任人宰割。或许只有在文字的世界里，他才能做真正的帝王。那句"无一欢之可作，有万绪以缠悲"写出了他心中无限的痛楚，或许这种怅惘，也包含了对国家的无尽隐忧。他是聪明人，江山社稷已是风雨飘摇，他又如何会不知道呢？纵然以美酒麻痹自己，但清醒时，那份痛楚总是格外清晰。

这篇《却登高赋》道出了李煜与李从善的兄弟情深。历代帝王，对自己的手足兄弟要么将其排斥在政治之外，要么流放贬谪，甚至残忍杀害，唯恐其夺走自己的江山、威胁自己的皇帝宝座，能与兄弟终生保持和睦的只是极少数。而李煜对弟弟李从善一直极尽关怀，就算弟妹犯上，他也从未计较。他不是个称职的皇帝，但对待身边的人却总是宽容善良，虽然也有过一些昏聩之举，往往也并非是出于本心。

在众多的亡国之君中，李煜是最让人恨不起来的一个。甚至在南唐灭亡很久后，依然有人怀念着他，念着他的恩情。然而政治家需要的，往往并非善良。一个失败的政治家，只能给世人留下无尽的遗憾。

重阳之后，李煜再度上表北宋，请求释放弟弟李从善，不出意外地再度遭到拒绝。第二年春天，李煜填了一首《清平乐》来寄托心中的无限思念与惆怅：

清平乐

别来春半，触目愁肠断。砌下落梅如雪乱，拂了一身还满。

雁来音信无凭，路遥归梦难成。离恨恰似春草，更行更远还生。

彼时春意盎然，而李煜却没有任何赏春的情绪。大雁又飞回了金陵，而弟弟依然不能归来。那种离恨，犹如绵延不绝的春草，在春风中肆意疯长。他多么希望能与弟弟团圆，他的亲人不多了，如果再失去弟弟，他不知道这荒芜的生命还有何意义。

而此时的李从善，正饱受赵匡胤的"糖衣炮弹"的攻击。

赵匡胤早就知道李煜和李从善兄弟情深，因此打算先攻破李从善的意念，只要他肯降宋，那么不愁南唐不降。赵匡胤千方百计地给李从善灌输降宋的意念，坊间盛传李从善乐不思蜀，其实也是有原因的。赵匡胤的确赏赐了很多美女给李从善，让他在那府邸中朝歌夜弦，饮酒作乐。

另外，赵匡胤还派人建造了一座异常豪华的府邸，将其命名为"礼贤宅"，其豪华程度不亚于李煜在金陵的皇宫。府邸有一个大大的后苑，里面设有池水、楼台、假山等，仿佛是把江南的园林搬到了汴梁，置身其中，会让人有一种恍在江南的感觉。

这座礼贤宅是特意为李煜建造的，赵匡胤希望李煜归降后能住在这里，以让其尽情享乐，忘记故国。礼贤宅建好后，赵匡胤多次带着李从善在后苑赏景，然后威逼利诱李从善写信劝说李煜归降宋国。

赵匡胤虽然做好了强攻的准备，但他一直不希望动用武力，若南唐能够和平归降，既不会生灵涂炭，也不会耗费军资，何乐而不为呢？而且以往，无论让李煜做什么，他都会俯首帖耳，再不敢反对。他觉得这一次，李煜应该也会乖乖听话，交出南唐的江山。

然而这一次，赵匡胤的如意算盘却打错了。李煜以前的忍让，都是希望能保住江山社稷，但如果让他将南唐的江山拱手让人，却是万万不能的。李从善的劝降信一封封送到金陵城，他只是叹息一声。他相信这并非出于弟弟的本心，必然是赵匡胤在旁威逼利诱的结果。

赵匡胤没想到，李煜这个看起来弱不禁风的书生，现在竟成了硬骨头，任凭他怎样召唤，李煜就是不肯入朝。

既然李从善的书信不能起作用，赵匡胤决定派遣使者前去说降。北宋开宝七年（974），赵匡胤先后两次派遣使者前往南唐，"邀请"李煜前往汴梁观"礼"。

此中"礼"乃是天子之礼，李煜一旦前往，必然会被扣留，南唐则不亡而亡。

赵匡胤先是派遣门使梁迥出使南唐，并口传赵匡胤圣谕："皇上将在汴梁举行柴燎礼，还请江南国主屈驾前往汴梁，为天子助祭。"

梁迥虽然彬彬有礼，但李煜却惶恐至极。这个要求，是无论如何都不能答应的。梁迥在金陵住了几日，每天都对李煜极尽游说，而李煜自然是不肯答应的。最后梁迥道："既然江南国主不肯前往，那我只好回去如实禀报了。"

李煜一听又喜又怕。喜的是梁迥终于放弃游说他离开金陵了，怕的是梁迥一旦回去，如果添油加醋地说一番自己如何如何不尊天子之类的话，南唐则危矣。

当天晚上，不知从何处传来流言，说第二天梁迥离开金陵时会掳走李煜。按照礼节，李煜应该送梁迥一行人到江边登船。届时梁迥等人会强行将李煜掳上船，然后一路挟持到汴梁。

这个传言不知是真是假，李煜惊得一身冷汗。这一夜，他几乎不曾合眼。次日清晨，梁迥果然前来辞行，并请李煜送自己到江边。

李煜非常害怕，唯恐梁迥等人会将自己掳走，竟连见都没敢见，直接派徐铉、张洎等人前去送行。

如果当时李煜前去送行，或许南唐灭亡的时间会更早一些。

没过多久，赵匡胤又派遣知制诰李穆持诏书下江南，"邀请"李煜参加北宋的祭天仪式。

李煜在清辉殿接见了李穆。李穆可不像之前的使者那样彬彬有礼，他似乎根本没把李煜放在眼里，态度非常傲慢。他要求李煜等人跪下听旨，李煜只好照做，率领一众朝臣跪倒在地。李穆展开赵匡胤的诏令，宣读道：

> 朕将以仲冬有事圜丘，思与卿同阅牺牲。卿当着即启程，毋负朕意。

这封诏令非常简短，仅有二十六个字。然而这二十六个字却字字如刀，令李煜十分惶恐，尤其是那句"卿当着即启程，毋负朕意"简直像一把架在脖子上的利刃，让他惊惧难安。他深知，一旦答应这个要求，南唐基业将彻底倾覆，无论如何，他都不能答应这个要求。尽管李穆各种威逼利诱，李煜终是不肯与他同往，北宋与南唐的第二次谈判也不欢而散。

北宋与南唐之间，注定会有一场恶战。李煜知道，自己两次拒绝赵匡胤的要求，宋国决不会善罢甘休。这些年来，他唯唯诺诺地讨好宋国，对于赵匡胤提出的种种无理要求几乎全部答应，每一年还要向宋国进贡大量财物，他希望能守住江山，希望能让百姓安居乐业。然而，过度的忍让便成了懦弱，他对宋国的隐忍，没有换来南唐的安宁，反而换来了宋国得寸进尺的侵夺。

李煜怕的便是与宋军交战，或许是畏惧了太久，当这一天终于来临，那种长久的畏惧早已麻木了，李煜反而不再那么害怕。李穆离开后，李煜便对臣下发誓道："他日王师见讨，孤当躬擐戎服，亲督士卒，背城一战，以存社稷。如其不获，乃聚宝自焚，终不做他国之鬼。"

当李煜信誓旦旦地说出这些话的时候，一定是满腔热血的。朝臣们见国主有此志愿，都非常欣慰。遗憾的是，李煜这个人向来是三分钟热血，若非他发自内心喜欢的事情，总是无法坚持做下去的。

多年来，李煜沉湎于风花雪月、纸醉金迷的生活中不能自拔，多少臣子想尽方法进谏，最后都无济于事。李煜也曾多次表示自己的雄心壮志，然后他只是喊喊口号，等那份热度退去，便故态复萌，继续花天酒地去了。

潜伏金陵的小长老发了一封密信给赵匡胤，告诉他李煜的"雄心壮志"。赵匡胤接到密信后哈哈大笑，非常不屑地对臣下说道：这不过是穷酸书生的空话罢了，李煜必然不会有此宏志的！如果真能这样，历史上的孙皓、陈叔宝也不会投降了！（《江南野史》卷三："此措大儿语耳，徒有其口，必

无其志。渠能如是，孙皓、叔宝不为降虏矣！"措大，旧指贫寒失意的读书人）

赵匡胤可谓识人精准。孙皓、陈叔宝和李煜有很多相似之处，因此当时很多人常常拿这两人来与李煜比对。富贵荣华成烟，此时的南唐已是穷途末路，曾经的辉煌，只能留在浩渺的历史中，所有的荣辱悲欢，都将付与说书人。

北宋开宝七年（974）九月，赵匡胤见李煜迟迟不来归降，决定诉诸武力，强攻南唐。他任命宣徽南院使曹彬为西南面行营马步军战棹都部署，率领着浩浩荡荡的征伐大军一路南下。

天下大势分久必合，统一是时代的趋势。赵匡胤的雄才大略，将开启一个崭新的时代，只是在这个时代到来之前，总要有人付出毁灭的代价。临行前，赵匡胤亲自为将士们把酒饯行，并千叮万嘱、三令五申，要求将士们决不能滥杀无辜，一定要保证百姓的安全，对李煜及其家人也务必保证毫发无伤，一定要让他们归顺大宋，切不可伤其性命。

赵匡胤虽然有狠戾的时候，但骨子里终究是仁善的。唯有这样仁善其内又能审时度势、雷厉风行的人，才能真正统领好家国天下。善良要有善良的底线，而李煜的善良，只能算是一个"烂好人"。

曹彬率军南下，直奔池州。池州守将戈彦听说有宋军正奔着这个方向来，竟然还天真地以为那是例行的巡逻军队，赶紧命人备好大量美酒与牛肉送过去犒劳宋军。当他们知道对方来意不善时，已经来不及了。戈彦见对方来势汹汹，干脆弃城而逃，其守城将士见戈彦都跑路了，自然树倒猢狲散，各自逃窜了，有一些被宋军捉到的，连反抗都不曾反抗，就直接投降了。

曹彬兵不血刃，轻而易举地夺取了池州。在南唐军心中，宋军是犹如神一样的存在，对他们的畏惧可谓达到了极致。上行则下效，国主李煜都对宋国毕恭毕敬，何况是他们这些小小兵卒呢？

夺下池州后，曹彬率军继续南下。南唐兵听说宋军攻来，都吓得魂不附体，纷纷望风逃窜。不到一个月，曹彬接连拿下铜陵、芜湖、当涂等地。随后，曹彬将大军驻扎在采石矶，准备渡江攻下金陵。

此前，樊知古便是在此处对长江进行了详细的测量，并向赵匡胤进献了浮桥渡江的策略，那份详备的长江水势图也在此时派上了重要用场。曹彬仔细观察了长江水势以及附近地貌，决定采纳樊知古的"浮桥渡江"策略。他命人准备了充足的竹索、铁链、木板等材料，然后用大船运到石牌口（今安徽怀宁），开始建造浮桥。而运货的船只，也正是此前商人建议李煜放火烧掉而李煜一直没敢烧的那一批。

彼时正值初冬，长江水位很低，搭建浮桥也非常轻松。工匠们将数百艘大船连接起来，用竹索、铁链、木板等固定，没过几天，一架连接长江两岸的浮桥便搭建完毕。

这样的情形，与历史上赫赫有名的赤壁之战何其相似！曹操因为北方将士不习惯坐船，便将船舰用铁索首尾相连，人马上船如履平地。曹操以为这是制敌妙计，却不料被周公瑾"谈笑间，樯橹灰飞烟灭"。遗憾的是，南唐没有羽扇纶巾的周公瑾，也没有有勇有谋的黄盖。忠心耿耿的林仁肇，已经含冤而死，直言敢谏的潘佑也已抱恨离世，李煜身边的人大多是心有余而力不足，一众君臣，只能眼睁睁地等待命运的宣判。

万劫不复的灾难已经近在咫尺，而此时的李煜，依然天真地认为金陵可以凭借长江天堑暂保安全。当前线将士传回消息说宋军正在搭浮桥时，李煜竟和臣子们讥笑宋军，认为他们这是异想天开。

当然准备还是要做的。若是常人，此刻定然想着怎样调兵遣将抵御外敌，而李煜却想着拼命给宋国送礼，希望能用自己的虔诚来感动赵匡胤，好让他在江南做一个偏安一隅的小国主。

南唐国库空虚，所剩钱财已经不多了，但李煜还是咬咬牙拿出帛二十万匹、白银二十万两，派弟弟江国公李从镒入宋进贡，请求赵匡胤令曹彬撤兵。

李从镒一众人出发后，李煜竟觉得有些心安。以前也有过类似的情况，派出使者求和后基本都能解围，顶多条件苛刻些，至少能保证安全，也能保住仅存的基业。但是这一次，那一笔丰厚的钱财如同泥牛入海，没有听见任何回音，反而给宋军增添一笔丰厚的军资。

宋军开始渡江了。

源源不断的军械、粮草，从长江北岸一直运到了南岸，黑压压的军队也从浮桥上浩浩荡荡地走过来，那阵势令人胆寒。

李煜君臣前几天还在讥笑宋军异想天开，现在才知道谁才是真正的异想天开。直到此时，李煜才知道问题的严重性。

摆在李煜眼前的只有两条路：要么与宋军死战，与南唐共存亡；要么放弃挣扎，归降北宋。

无论多么昏聩的君主，都不希望自己成为亡国之君，此时的李煜依然是满腔热血的，他希望能保住祖父开创的基业，想到自己多年来对宋国卑躬屈膝，宋国却得寸进尺，如果能早一点儿清醒，早一点儿与宋国决裂，或许也不会落到这个地步。思前想后，李煜终于做出了决断——与宋军死战，人在，则国在，若国亡，他绝不苟活。

这些年来，南唐一直奉宋为宗主国，不仅每年都要向宋国进贡大量钱财，还要使用宋国的年号。北宋开宝七年（974）十二月，李煜公开与宋国决裂，并不再使用宋国的年号，将下发的所有文书上的时间，都改成了干支纪年，而这一年，正是"甲戌岁"，之后的一年，则称为"乙亥岁"。

这应该是李煜对北宋做出的最豪壮的决定了。

只是这豪壮的决定做得太迟了，一切已经无法挽回。臣民得知国主不再奉宋正朔，都受到了很大的鼓舞，很多百姓纷纷应征参军，还有人送来了米面以做军资。人们毁家纾难，只希望能保住国土。

一时间，南唐军士气高涨。李煜任命镇海军节度使郑彦华为主将，率领精锐水师两万人乘船沿长江逆流而上，同时任命天德都虞候杜真为副将，率领步骑军一万五千人沿江岸西行，与江中水军同步，共同抗击宋军。

临行前，李煜亲自为将士们饯行。南唐的安危存亡，皆在此一举。李煜眼含热泪，亲自为两位将领斟酒。郑彦华和杜真也非常感动，都慷慨激昂地表示一定会竭尽所能，力挽狂澜。

李煜却不知，此时信誓旦旦的郑彦华只是个贪生怕死之辈。若是林仁肇尚在，说不定真的能力挽狂澜。郑彦华与杜真离开金陵后，一路浩浩荡荡沿着长江西行，还没走多远，就遇到了曹彬部下的一小拨水军船队，双方当即交战，结果郑彦华所率领的南唐军败下阵来。

出师不利，这仅仅是很小的一次战役，便让郑彦华觉得宋军的确是神勇可怖。按照之前的计划，郑彦华应率领水军与长江南岸的杜真所率领的陆军相配合，一举摧毁宋军的浮桥，阻止其渡江，而已经渡江的军队，也能暂时阻断其物资供给。结果郑彦华因为与宋军交战失利便不敢向前，结果不仅贻误战机，没有按照原计划完成任务，还导致按照原计划进攻宋军的杜真军队伤亡惨重。

作为国君，能够识人善任是最重要的才能，有时候，这份才能甚至会起到决定性作用。李煜不仅不能识别忠良之辈，更不能识别貌似堪当大任实则平庸无能之人，至于奸诈之徒，更是无从辨别。李煜错用的人中，又何止郑彦华一个呢？除了他，曾深受李煜赏识的皇甫继勋更令人义愤填膺。

皇甫继勋本是将门之后。若论出身，他似乎可以担当大任，其实不然。皇甫继勋早年曾与父亲皇甫晖一起参加过滁州大战，当时的皇甫继勋非常怯懦，将士们冲锋陷阵，皇甫继勋却吓得连连退缩，他的父亲皇甫晖气得操戈追打，皇甫继勋虽然打仗没什么本事，但逃跑、躲避倒是在行，不仅没有被父亲打中，更没有被宋军打中，扔下浴血奋战的父亲与众将士，一个人逃回了军营。后来，皇甫晖受伤落马，为宋军所擒，因为拒不医治，最终慨然而死。

如果皇甫继勋能继承父亲一半的骨气，说不定也能成为一员猛将。父亲以身殉国，却给皇甫继勋留下了一份丰厚的基业，皇甫继勋坐享其成，很快晋升为京都守城最高统帅。

皇甫继勋虽名为武将，在军事上的才能却是少得可怜。他在京城中之所以赫赫有名，凭借的不是功绩，而是富贵。他贪恋钱财又好大喜功，征兵时也只是看重数量，从不看重质量，那些应征的士兵里不乏混吃混喝的市井无赖，而他却不闻不问，任凭他们胡作非为。

皇甫继勋对这场战争从来没看好过，他甚至恨不得早点失败，好早点向宋军投降，这样大家都不用卖命打仗了，何乐而不为呢？当时，他镇守着金陵西侧的采石矶，以抵御宋军的进攻。采石矶是金陵城的最后一道屏障，如果这道屏障破了，那么金陵城便彻底暴露在宋军眼下了。

以皇甫继勋的实力，又怎能守得住采石矶呢？采石矶很快被攻破，按照规矩，战报需传到宫中，呈给国主阅览。然而皇甫继勋担心受到国主惩罚，竟私自扣下了有关战事的奏章，而李煜竟还天真地以为战事顺利，清醒了没几天，又开始了歌舞升平的生活。

皇甫继勋希望早日投降，起码这样能保住他的荣华富贵，也不会有生命之忧。每当前线传回战事失利的情报，他都私自扣押下来，一连好几个月，李煜都被蒙在鼓里。有一次，皇甫继勋部下的几名将士忍无可忍，悄悄出城夜袭宋军。这本是值得嘉奖的事，而皇甫继勋竟非常生气，不仅对他们施以严刑，还将他们囚禁起来。

前线的战事越来越吃紧，李煜对这一切还浑然不知，兀自在温柔富贵乡里做着自己的春秋大梦。也有过那么几次，李煜想当面询问皇甫继勋，问问他战事情况如何，但都被皇甫继勋以城防军务不容分身为借口拒绝了。李煜还赞许他为国之栋梁，却不知自己一直被蒙在鼓里。

宋军早已在金陵城外安营扎寨，之所以迟迟没有强攻，只是因为赵匡胤有令——要让李煜主动出降，能不强攻，就尽量不强攻。皇甫继勋则巴不得宋军赶紧攻城，他好趁机去劝说李煜投降，但见宋军迟迟没有动静，便就一直拖延着。而李煜还以为皇甫继勋依然驻守在采石矶，当初那种热血沸腾的感觉早已冷却，继续与小周后写诗填词去了。

时间一天天过去，转眼冬去春来，又是鸟语花香的季节，可叹的是，这将是南唐最后的春天了。南唐乙亥岁（975）五月的一天，已经许久不关心战事的李煜忽然想起与宋军的战争，于是心血来潮，和宰相一起登上了高高的城楼，向远方瞭望。

站在那座城楼上可以看到采石矶。李煜一直以为，宋军应该还在采石矶，然而当李煜登上城楼，触目所及的便是金陵城外黑压压的宋军与密密麻麻的宋军旌旗、营帐，江岸上到处都是宋兵，江中的战舰也排出了很远。

那样的景象令李煜目瞪口呆，他简直不敢相信自己的眼睛。这段时间他一直没有过问战事，皇甫继勋一直告诉他宋军已经被阻在采石矶，一时半会儿不会攻来。直到此时，李煜才意识到，原来皇甫继勋一直在骗他。李煜慌忙找了几个士兵盘问了战况，才惊悉宋军早已兵临城下，这么大的事情，皇甫继勋竟然一直隐瞒着。

李煜火冒三丈，回宫后马上下旨斩杀胆敢欺君的皇甫继勋。

这个消息真是大快人心，皇甫继勋的种种恶行早就引得天怒人怨了，一众武士奉李煜旨令将皇甫继勋狠狠地绑起来，一路推搡着，准备到午门外斩首。

这个消息就像长了翅膀一样，很快便传遍了整座金陵城。那些早已对皇甫继勋恨之入骨的百姓闻风而来，大家早就恨得咬牙切齿，见皇甫继勋终于失势，便你一拳、我一脚地打起来。起初还只是撒撒气，但聚集的人越来越多，甚至有人拿出了木棒、匕首等物，也纷纷施加在皇甫继勋身上。武士们对他更是恨之入骨，任凭百姓们出气。还没等到午门外，这个南唐的罪人便已被众人打死，有人还觉得不解恨，干脆将其分尸。

皇甫继勋已死，这令大家非常开心。尤其是守城将士们，他们恨透了贪生怕死的皇甫继勋，得知皇甫继勋已死，都格外兴奋，一时间士气大振。而浑浑噩噩的李煜也终于再度从睡梦中醒来，准备与宋军背水一战。

不过，李煜的"觉醒"总是如同儿戏。他喊过的口号太多了，大概连他自己都记不清。每一次"痛改前非"，他都是三分钟热血，又是赌咒发誓，又是痛哭流涕，结果不出三日，便故态复萌了，这一次，当然也不例外。

冷静下来之后，李煜又想起了登上城楼时所看到的景象——舳舻千里，旌旗蔽空，城外的宋军随时都有可能攻城，想到以前战争的惨败，李煜不禁越想越怕。很快，恐惧便战胜了豪迈，他再一次低声下气地去求赵匡胤，请求与他们讲和。这一次，他派出了多年来信任有加的徐铉和周惟简。

写给赵匡胤的《乞缓师表》依然是李煜亲自写的。这篇表文，可谓文采飞扬、感人肺腑：

> 臣猥以幽孱，曲承临照，僻在幽远，忠义自持，唯将一心，上结明主，比蒙号召，自取愆尤。王师四临，无往不克，穷途道迫，天实为之。北望天门，心悬魏阙。嗟一城生聚，吾君赤子也；微臣薄躯，吾君外臣也。忍使一朝，便忘覆育，号咷兆郁咽，盍见舍乎？臣性实愚昧，才无异禀，受皇朝奖与，首冠万方，奈何一日自踵蜀汉不臣之子，同群合类而为囚虏乎？贻责天下，取辱祖先，臣所以不忍也。岂独臣不忍为，亦圣君不忍令臣之为也。况乎名辱身毁，古之人所嫌畏者也。人所嫌畏，臣不敢嫌畏也。惟陛下宽之赦之。臣又闻鸟兽微物也，依人而犹哀之，君臣大义也，倾忠能无怜乎？倘令臣进退之迹，不至鬼恶，宗社之失，不自臣身，是臣生死之愿毕矣，实存没之幸也。岂惟存没之幸也，实举国之受赐也。岂惟举国之受赐也，实天下之鼓舞也。皇天后土，实鉴斯言。

此时的李煜，内心该是怎样绝望？这篇表文，可谓字字泣血。他希望能用自己的忠心感动赵匡胤，先是卑微地表示自己"僻在幽远，忠义自持，唯将一心，上结明主"，他称赵匡胤为"陛下""明主""圣君"，称自己则是"臣""微臣"，他不想毁掉祖宗基业，不愿背负"贻责天下，取辱祖先"的骂名，并苦苦哀求赵匡胤，"岂独臣不忍为，亦圣君不忍令臣之为也"。他不想"名辱身毁"，如果宋国可以放过南唐，那将不仅仅是实现了李煜一个人毕生的心愿，更是"举国之受赐""天下之鼓舞"。

徐铉为正使，周惟简为副使，两个人带上这封表文和很多厚重的礼物快马加鞭赶到了汴梁。他们肩负重任，此去汴梁，务必要说服赵匡胤与他们讲和，即便宋国提出的条件苛刻，只要能保住南唐政权便好。

这一路，徐铉二人想了很多台词。赵匡胤拒绝撤兵是必然的，那么该怎样说服他呢？通往汴梁的路似乎很遥远，但又似乎近在咫尺，因为还没等二人想好具体的对策，他们便已经身在汴梁皇宫了。

见到赵匡胤后，徐铉先是赞美了一番李煜的博学多才，又讲述了一番南唐如何国泰民安，百姓安居乐业。言外之意，宋国不该毁掉这么美好的国家，希望赵匡胤能予以同情。

不过，赵匡胤听完徐铉的讲述后没有任何反应，依然不肯答应撤兵。

徐铉见博取同情行不通，便改了招数，开始指责赵匡胤师出无名，言辞甚至有些激烈。他指责赵匡胤进攻南唐实在是不义之举，我们南唐循规蹈矩老老实实过日子，每年按时进贡，没有任何过失，你赵匡胤为什么非要置我们于死地呢？

这一下戳中了赵匡胤的软肋。赵匡胤当即恼羞成怒，手按宝剑，"噌"的一下站起来指着徐铉道："不须多言，江南亦有何罪，但天下一家，卧榻之侧，岂容他人鼾睡！"

赵匡胤面色铁青，这句话几乎是咆哮着吼出来的，徐铉见状吓得再也不敢多言，慌忙告退，回到驿馆后与周惟简一起收拾东西回了金陵。

李煜有何罪？南唐又有何罪？赵匡胤自然知道，李煜和南唐都是无辜的，只是"天下一家"，他必须灭掉南唐，才能实现天下一统的宏愿。

政治里没有什么情分可言，就连亲父子、亲兄弟都能因为权力而反目，赵匡胤又怎会因为李煜那些煽情的文字而动摇呢？等待李煜与南唐的，将是万劫不复的深渊，从此，南唐将彻底成为历史，化作尘封在岁月里的一幅残卷。

总是诗人误

　　秦淮河的水泛着岁月的微光，穿越多少纷纭的历史。徐铉和周惟简求和失败，只好灰溜溜地回了金陵。赵匡胤的那句"卧榻之侧，岂容他人鼾睡"彻底粉碎了李煜的幻想，他不得不再一次赌咒发誓，与宋军拼死对抗。

　　然而，此时的南唐军要面对的不仅有宋国的军队，还有来自东部的吴越军。赵匡胤为了能早日攻灭南唐，早已悄悄联系了吴越军，与他们约好一起夹击南唐。

　　南唐与吴越多年来矛盾颇深。当初李煜即位，在给赵匡胤的《即位上宋太祖表》中便特意提到了与吴越国的矛盾，意在表明南唐决不会与吴越国结成联盟来威胁宋国，但万万没想到的是，宋国竟然与吴越国结成联盟共同攻击南唐。

　　吴越国的进攻对于南唐来说无疑是雪上加霜。吴越军浩浩荡荡地直奔常州，常州守将禹万诚得知消息后吓得魂不附体，还没开战便直接开城门投降了。吴越军不费一兵一卒便占领了常州，然后将目标锁定了紧邻金陵的润州。

　　润州如同金陵的东大门，与金陵西侧的采石矶遥相呼应，有着重要的战略地位。采石矶已经失守，如果润州再失守，那么吴越军与宋军夹击金陵，便彻底没有生还余地了。李煜也知道润州城的重要性，因此千挑万选，选了一个他认为忠肝义胆的将领来驻守润州，这便是刘澄。

李煜天生一目重瞳，人们说这是帝王之相，可他却做了亡国之君。或许从科学的角度来说，他那天生的一目重瞳，只是意味着目光太差罢了。他不辨忠奸，别人给他设一个陷阱，他便乖乖地钻进去，总是不能识别。他将忠良之士当作小人，反将小人误认为是忠良之士，不仅害了别人，更害了自己，乃至整个南唐。

这一次，李煜千挑万选的刘澄依然是个势利小人。刘澄表面上看是一副忠心耿耿的样子，内心里却是个极度自私的人，对他来说，什么国家安危，什么百姓福祉，在个人利益面前都显得轻如鸿毛。他早就做好了润州失守的准备，还特意把自己的金银财宝悄悄送到了常州。为了掩人耳目，他还对外编造了"以宝物犒赏前线将士"的谎言。人们看到那一车车财物送出润州城，都纷纷感动不已，还以为这个守城将真的会誓死保卫城池。

彼时正值酷暑，树上的知了无休止地吵闹着。滚烫的阳光炙烤着南唐这片土地，吴越军一路顶着太阳跋涉，抵达常州时早已是人困马乏。此时常州投降，但吴越军还没有站稳脚跟，这正是进攻的最好时机，但是润州守将刘澄却按兵不动。部下建议他趁此时进攻吴越军，他却振振有词地说要以逸待劳、等待援兵。

没过几天，吴越军便休整完毕，更要命的是，他们与从北方开来的宋军会师，然后一起向润州发起了猛烈的进攻。

此时的刘澄连抵抗都懒得抵抗了，赶紧召集部将，或威逼，或利诱，哄骗他们一起开城门投降。主将尚如此，其他人又能说什么呢？于是润州城里竖起了降旗，吴越军、宋军轻轻松松地开进了润州城。

消息传来，朝野上下都为刘澄的无耻行为震惊不已，李煜更是怒不可遏，当即下令诛杀刘澄全族。

当刘澄高高竖起降旗时，不知有没有想过自己的家人？他一个人的贪生怕死，不仅害了自己家人，更害了整个南唐。当时，刘澄有一个十六岁已经出嫁的女儿，按照律令，这个姑娘是可以赦免的，但她却不愿意像父亲那样苟且偷生，慨然赴死。

一个中年男人，竟还不及一个姑娘，实在是可悲、可叹！而不如这位姑娘的，又何止一个刘澄呢？那些须眉男儿，在刘澄选择投降时竟没有一个站出来反抗的，实在令人震惊，更令人心寒。

此时的南唐已是摇摇欲坠。李煜将最后的希望完全寄托在了南都节度使朱令赟身上。看走眼那么多次，这一次李煜终于看对了人。朱令赟身材魁梧，是一员难得的猛将，颇有当年名将林仁肇的风范。他有勇有谋，做事情雷厉风行，又熟读兵书，无论上阵杀敌还是指挥将士都非常在行。

其实，南唐并不缺少骁勇善战的士兵，更不缺少战争所需要的器械船只，缺少的只是指挥战争的将领而已。在朱令赟的指挥下，南唐军攻占了湖口（今江西九江东）。他所率领的舰队非常壮观，巨舰甚至可以容纳上千人。

南唐的造船技术非常精湛，后来南唐灭亡，其精湛的造船技术却流传下来，对后世的船舰制造有着重要影响。朱令赟所率领的巨舰主要由木料构成，船体虽大，结构却精巧，每一个细节都别具匠心。

朱令赟率军驻扎在虎蹲洲。这里距离金陵城的"西大门"采石矶仅十里，而此时宋军的浮桥依然稳固地架在长江上，连接着长江两岸。

浮桥主要由木料构成，朱令赟远远地望着那架浮桥，蓦然想起历史上著名的赤壁之战。周公瑾可以用火攻，南唐又有何不可呢？朱令赟命人准备了大量的柴草和几十艘木船，并在柴草和木船上淋满油脂，时人称之为"火油机"。万事俱备以后，还需要借助风力。他们位于西南方向，而浮桥处于东北方向，需要刮起西南风，才能一举烧毁浮桥。

十月十九日，西南风骤起，朱令赟非常高兴，只当是天不绝南唐。他当即率军向宋军发起进攻，并火烧浮桥。风借火势，火助风威，当那些早已备好的"火油机"借着西南风冲入宋军的船队时，江面上顿时浓烟滚滚，烈焰冲天。

然而天意弄人，西南风并没有持续多久，竟很快变成了东北风，而且风势越刮越猛。朱令赟等人见状想要撤回却早已来不及了，一条条喷着火舌的"火油机"竟顺着风势冲入了自己的船队，宋军见状大喜，也转而用火攻。可叹这场必胜之仗竟转胜为败，实在是令人扼腕。

熊熊烈焰照彻江面，江水也变得滚烫。或许，这便是南唐无法改变的宿命，就算有朱令赟的才智与勇猛，依然无法力挽狂澜。最后，这支承载了李煜无限希望的水军，竟在翻卷的火舌中全军覆没。朱令赟见大势已去，不愿被宋军俘虏受辱，更无颜面见国主，干脆举身投江。

那一天的江水被南唐将士们的鲜血染成了暗红色。江水滔滔，流尽了多少征人的眼泪，可怜江畔河心骨，犹是春闺梦里人，每一个殉难的将士，也都有牵挂他的家人，当他们倒下去的那一刻，心中该是怎样的不甘与无奈？

乌飞兔走，当冬季来临，凛冽的寒风中也总夹杂着一抹绝望的气息。此时，宋军已经做好了一切攻城的准备。

宋军四面围城，将这座曾经繁华鼎盛的金陵城围得水泄不通，金陵城犹如一座孤岛，不仅与外界断绝一切消息，更粮草皆无。城中百姓苦不堪言，将士们一连多天得不到补给，饭食从最开始的米饭变成了粥，然后越来越稀，最后竟犹如清水，一碗"粥"中仅有几个米粒。

将士们都没精打采，能站起来都已经很不容易，更不要说上战场杀敌了。

宋军主将曹彬一直在等待李煜主动出降，因此迟迟没有攻城。他一直牢记着赵匡胤的嘱咐，绝不伤害李氏一族。在他的印象中，李煜就是一个酸腐书生，等他们围困金陵城，向来胆小懦弱的李煜一定会主动出降的。但令他意外的是，李煜竟非常倔强，任凭他多次劝降，李煜都不肯归降。

一直这样围困也不是办法，最后，曹彬只好给李煜发出最后通牒：我军将于本月（十一月）二十四日攻城，国主何去何从，宜早做定夺。

这令李煜非常惶恐。南唐的基业已经濒临崩塌的边缘，即便明知最后的结局，李煜还是抱着最后的希望，想挣扎一番。在曹彬三番五次的劝降下，李煜也动摇了。他答应曹彬派遣长子李仲寓前往汴梁请降，不过需要一些时日打点行装。曹彬本来很开心，但李仲寓迟迟没有启程，只好派人一再催促，而李煜则找各种借口拖延时间。

李煜的确有心派长子李仲寓前往汴梁请降，但是又担心爱子会像弟弟一样遭到软禁，而且李仲寓一旦出发请降，南唐便没有任何生还的余地了。就在李煜举棋不定的时候，曹彬又派了人前来催促。此时李煜只能故意拖延时间，再次向来使解释：犬子尚未做好准备，还要过些时日出发。

来使追问：那要等到何时？

李煜想了想道：本月二十七日定会前往，还请禀报曹将军，请曹将军耐心等待。

显然，李煜只是害怕曹彬在二十四日攻城才这么说。使者回去复命，而曹彬等了这么久早已不耐烦，又怎么会等到二十七日呢？

曹彬决定二十四日强行攻城。入城之前，曹彬和将士们约定，入城后绝不滥杀无辜，将士们当时也都保证会严格遵守纪律。然而此时曹彬统领的不仅有北宋的将士，还有吴越国的盟军。二十四日，北宋军与吴越军在曹彬率领下很快攻破了城池，尽管曹彬曾三令五申，严禁士兵滥杀无辜，但是战火燃起后，那些已经杀红了眼的吴越军，早已等得心焦气躁，入城后便忘了所谓的军纪，竟大开杀戒，甚至制造了火烧升元阁的惨案。

升元阁乃是南朝时期梁武帝所建的著名的佛教建筑，阁内精美绝伦，也是佛教徒聚集的重要场地。升元阁是清修之所，也是最能给人以安全感的地方。吴越国向来与南唐不和，攻破金陵城，看着那些南唐百姓惊慌哭喊，他们有一种报复的快感。很多惊慌失措的百姓躲进升元阁避难，僧人们也广纳难民，希望能以神佛之力护佑百姓。

然而，吴越军见百姓从四面八方涌入升元阁，竟残忍地放了一把火，不仅将这座精美的建筑烧为灰烬，更将那些手无寸铁的百姓与僧侣烧死其中。

战火烧红了明媚的蓝天，仿佛苍天也听见了那些绝望的哭喊，竟慢慢地彤云密布，纷纷扬扬下起雪来。

雪越下越大，掩埋了那些无人收拾的荒骨残骸，多少绝望的血泪，也在大雪中渐渐隐匿。战报频频传来，李煜早已焦头烂额。他最怕再传来敌军攻陷何处的战报，他知道，南唐的末日终究是来了。

夜幕降临时，有一只乌鸦落在李煜的窗前哀啼数声。夜色岑寂，那声音听起来格外凄怆。远方有隐隐的厮杀声和刀剑声传来，已是入夜，战火还未止息，那些忠心耿耿的南唐将士兀自拼死抵抗，哪怕流尽最后一滴血，他们也要守住自己的家园。

李煜茫然若失，心乱如麻。同样茫然无措的还有小周后，她站在李煜身后，伸手环住他的腰背，泪水簌簌落下。如果他们只是一对平凡的夫妻，这一世该是多么美好！可偏偏命运弄人，他们身为国主、国后，便注定要承担家国天下的责任。曾几何时，他们把酒问月，赌书泼茶，多少美好的过往历历在目。而如今穷途末路，他们站在命运的渡口，不知何去何从。

面对此情此景，李煜有些哽咽。想到自己这些年来写诗、填词、谱曲，虽然颇有心得，却终究是误了国。他做了太多错事，此时唯有悔恨，一切都已经无法挽回。这是他自己酿成的恶果，又能向谁倾诉呢？唯有写在词中，填成一阕永远的伤痛：

青玉案

梵宫百尺同云护，渐白满苍苔路。破腊梅花李早露。银涛无际，玉山万里，寒罩江南树。

鸦啼影乱天将暮，海月纤痕映烟雾。修竹低垂孤鹤舞。杨花风弄，鹅毛天剪，总是诗人误。

望着寂夜里飞卷的鹅毛大雪，李煜唯有自嘲"总是诗人误"。

战争持续了三天两夜。十一月二十七日，北宋军与吴越军攻陷了南唐内城。战报传来时，李煜万念俱灰。他知道，如果再不投降，还会有更多的将士牺牲、更多的百姓遭到屠戮，既然祖宗基业无论如何都保不住，倒不如及早出降，至少还能保住那些幸存百姓的生命。

想到此，李煜命人高高地竖起降旗，然后脱下龙袍将玉玺捧在手上，肉袒出降。

这一年，李煜四十岁，距离南唐烈祖李昪建国刚好四十年。

或许一切都是宿命。从此再无南唐，所有的笑与成就，所有的痛与耻辱，都将写入史册。而等待李煜和小周后的，将是更为惨痛的生活。如果他们知道日后所要承受的耻辱，或许此刻会选择与南唐政权一起覆灭。

违命侯

　　繁华过眼，波光潋滟的秦淮河沉淀了多少人世沧桑。红尘百转，有多少誓言能够坚如磐石？又有多少时光能够永不苍老？

　　南唐已亡，而生活还要继续。对于南唐遗民来说，他们的生活没有太大变化，只不过是改朝换代，国家有了不同的主人而已。他们虽然有过短暂的难过，但那种难过很快就随时光烟云消散了，生活一如既往。

　　但是对于李煜来说，南唐之亡，却是生命寄托的完全崩塌。南唐的土地都将成为宋国的领土，这是李煜无法挽回的，但是他耗费心血收集的文墨珍品与自己的毕生心血之作，却断不能白白被人拿走，他宁愿毁掉，也不愿看着自己的宝贝被他人占为己有。

　　李煜一直让保仪黄氏为他保管那些文墨珍宝，而现在，他只能狠狠心让黄氏将那些书画尽数焚毁。当跳跃的火舌吞噬了那些精美绝伦的珍藏，李煜仿佛看到自己的心在滴血。曾经收藏得有多仔细，而现在毁灭得就有多彻底。南唐的江山，祖宗的基业，连同此生最爱的书画，一切的一切都在那一刻灰飞烟灭。

不过，曹彬及时发现了李煜了荒唐之举。他早就听说过李煜的那些珍藏，见到书阁起火后赶紧带人前来抢救，虽然有一些已经化为灰烬，但还是抢救出了一些珍贵的墨宝，并将这些仔细收好，离开金陵时，他将这些墨宝作为战利品也一路带回了汴梁。

此时的李煜，只能任凭命运摆布。或许从出生的那一刻起，他便失去了掌控命运的资格，身为皇子，他不可能逃脱江山社稷的责任。命运和他开了个大大的玩笑，让他深陷诗词的世界，偏偏又将他推上那个至尊之位，然后又让他从那个位置上重重跌落。

李煜的家眷、昔日的官员是要一起前往金陵的，而后宫中的一些宫女则遣散了大半，也有一些不愿离开的，决定与李煜一起前往汴梁。离开金陵城的那一天，教坊最后一次为李煜演奏乐曲。那是最凄婉的离歌，因为大家都知道，这一别，很可能就是永别。每一个人眼中都闪着莹莹泪光，李煜听着那哀婉的离歌，心中五味杂陈。

临行前，他最后一次与小周后一起祭拜了宗庙。跪在祖父与父亲的灵位前，他心痛如割。回想起这些年的林林总总，他悔恨不已。如果他当初能够听从潘佑的劝谏，如果他没有赐林仁肇那杯毒酒，或许此时也未必如此狼狈。

彼时正值寒冬，已是年关将近。若是往年，宫中已在为新年做着各种准备了，金陵城中应是一片繁华。而今年，被战火摧残的街巷，处处是一片狼藉，尤其是被大火烧毁的升元阁，惨象更是触目惊心。

离开的那一天，金陵城彤云密布。当李煜身不由己地登上前往汴梁的船只时，天空中有细小的雪花纷纷扬扬地落下。细雪打在他的脸颊上，化作一颗颗沉痛的泪。他最后看一眼金陵，最后看一眼前来送行的宫人、百姓。有人低声啜泣，有人故作坚强，更有人万念俱灰。冰凉的雪花落在人群中，虽然天气寒冷，却没有人愿意离开。他们注视着李煜等人的船只渐行渐远，迟迟不肯离去。而船上的李煜，也只能这样望着江岸的子民，任凭船只将自己带走。

　　从此，南唐只能成为他梦里的故国。

　　满眼山河皆是泪。当金陵城越来越远，李煜的心也越来越痛。这一路异常辛苦，越往北走，越是天寒地冻。李煜从小锦衣玉食，虽然也曾出游，但从来都是在春暖花开的季节。在新年将至的寒冬出门，却是头一回，也是他人生中的唯一一回。然而周身再冷，也抵不过内心的寒凉。

　　李煜独立船头，久久地望向江南。老臣徐铉在另一艘船上，看到李煜悲怆的样子，想和他说说话，但是相隔太远，只能彼此凝视。万般惆怅，犹如脚下的滔滔江水，吞噬了曾经所有的憧憬。前途渺茫，没有人知道等待他们的将是怎样的命运。徐铉回到船舱，将此刻的心情写成了一首《过江》：

> 别路知何极，离肠有所思。
> 登舻望城远，摇橹过江迟。
> 断岸烟中失，长天水际垂。
> 此心非桔柚，不为两乡移。

曹彬率领着船队一路顺着长江东下，至扬州从古运河北上，到楚州淮阴（今江苏淮安）再入淮水向西南行进，经洪泽湖至泗州临淮（今江苏盱眙）入汴水，再经虹县（今安徽泗县）、宿州（今安徽宿县）、宋州（今河南商丘）、雍丘（今河南杞县）等重要埠头，最后抵达汴梁。

　　当时正值枯水期，沿途多处水位较低，难以行驶大型船只。为了保障船队的顺利返回，赵匡胤特意下令手下在沿途做好充足准备，或修闸蓄水以提高水位，或破冰击冻以疏浚河道。

　　除夕那夜，他们是在船上度过的。远远地能看见岸上的百姓在放烟花，并隐约传来阵阵鞭炮声。而李煜一行人，没有丝毫过年的感觉，每个人都格外伤怀。这种情境下，还有什么心思去想过年的事呢？

　　那是李煜人生中最凄惨的一个新年。

　　开宝九年（976）正月初二，这支队伍终于在曹彬的率领下抵达了汴口。这里是汴水与淮河交汇处的一个繁华的埠头，不仅商贾云集，更有当时著名的佛寺——普光寺。直到现在，李煜依然对神佛深信不疑。他早就听说过普光寺的名气，也一直想亲自前来拜佛祈福，但一直没有机会，这一次竟机缘巧合路过这里，李煜又怎能错过呢？

　　虽然大家极力反对，李煜还是坚持要上岸拜佛。最后众人无奈，只好依了他。

　　李煜特意带着小周后一起前往普光寺，他们在那尊金碧辉煌的佛像前拜倒，并虔诚地双手合十，祈求佛祖庇佑，希望到达汴梁后能一切顺意，不要遭到凌辱或是杀戮。

多年来，李煜向神佛祈求的心愿似乎总是适得其反。他曾经无比虔诚地向佛祖祷告，希望能让他心爱的娥皇身体康复，最后不仅娥皇撒手人寰，连他最疼爱的儿子也因学着大人模样在礼佛时因为一只猫受惊而亡；他曾经寄希望于佛祖，以为佛祖会保佑他的南唐，结果山河破碎，祖宗基业荡然无存，自己也沦为臣虏。

经历了那么多失望，李煜依然没有绝望。他坚信神佛的力量，因为这世上已经没有什么能让他依靠。千百年后，当我们翻开那页历史，不要嘲笑李煜的天真甚至愚昧。彼时的他已经没有任何反抗的力量，除了神佛，他还能相信什么呢？只是这种相信让人深感无奈，唯有为他叹息。

看着李煜虔诚的样子，曹彬又是好笑，又是慨叹。离开普光寺之前，李煜还特意捐赠了价值千两白银的财物。他对钱财的多寡几乎没什么概念。他或许不知，一个普通百姓，或许一辈子都不曾见到这么多白银。北宋时期，一两银子的购买力相当于现在千元左右的人民币，千两白银，则相当于现在至少一百万元的人民币。

李煜自幼是衣来伸手饭来张口，向来挥霍无度的他从不知赚钱的艰难，更不会想到，日后在汴梁，他用钱的地方还多着，直到后来经济拮据的时候他才意识到金钱的来之不易。

除了了却拜佛的心愿，李煜还在此见到了赵匡胤的四弟、秦王赵廷美。赵廷美奉命在此劳军，他也是个颇爱诗词之人，早就听说李煜才华横溢，一直期待着见到李煜。他们很是投缘，两人以文会友，谈论诗词，这一路的困顿与悲怆，都在与赵廷美的交谈中得到了些许缓解。

抵达汴梁那日，正是开宝九年（976）正月初四，汴梁城中一派新年的欢喜景象。汴梁城的百姓得知曹彬得胜归来，纷纷夹道相迎。有人想看看那个传说中一目重瞳子的江南国主，也有人想看看那个传说中美若天仙的小周后。对于李煜来说，曹彬是灭国仇人，但对于汴梁城乃至整个宋国的人来说，曹彬却是金戈铁马的英雄。

　　那一天，赵匡胤在明德楼举行了庄重的受降大典，而李煜及其族人与朝臣则被迫穿上白色衣帽，在礼官的指挥下整整齐齐地跪倒在地。他们的心情也如那衣服的颜色，白得苍凉，白得恓惶，犹如那一天他们离开金陵时漫天的大雪，彻骨的冰寒淹没了每个人的心。

　　曾经万人之上的国君，现在竟沦为他人的战利品，如同一件物品一样被摆在明德楼下，等待他人的处置。

　　那是李煜一生中最铭心刻骨的耻辱。

　　受降大典上，曹彬将事先拟好的《升州行营擒李煜露布》（露布，一种写有文字并用以通报四方的帛制旗子，多用来传递军事捷报。）呈给赵匡胤过目，并亲自宣读。这是必然的程序，就算李煜此前对北宋毕恭毕敬，就算李煜也曾很努力地想去做一个好君王，但在这篇露布中，关于他的好一概不会提，每一句话、每一个字，都是对李煜的抨击，跪在明德楼下的每一个人，包括李煜，都要洗耳恭听：

　　升州行营马步军战棹都部署、宣徽南院使、义成军节度使臣曹彬等上尚书兵部：

　　臣等闻天道之抚生庶类，不无雷电之威；圣君之统制万邦，必有干戈之役。所以表阴惨阳舒之义，彰吊民伐罪之功。我国家启万世之基，应千年之运。四海尽归于临照，八紘皆入于提封。西定巴邛，复五千里升平之地；南收岭表，除七十年僭伪之邦。巍巍而帝道弥光，赫赫而皇威远被。

顷者因缘丧乱，分裂土疆，累朝皆遇于暗君，莫能开拓中夏。今逢于英主，无不扫除。惟彼江南，言修臣礼，外示恭俭之貌，内怀奸诈之谋。况李煜，此是呆童，固无远略，负君亲之鞠育，信左右之奸邪，曾无量力之心，但贮欺天之意。修葺城垒，欲为固守之谋；招纳叛亡潜萌抵拒之意。我皇帝度深含垢，志在包荒。撤青锁之近臣，降紫泥之丹诏，曲示推恩之道，俾修入觐之仪，期暂谒于阙廷，庶尽消于疑间。示信特开生路，执迷自履危途，托疾不朝，坚心背顺。士庶咸怀于激愤，君亲曲为于优容。但矜孽竖之愚蒙，虑陷人民于涂炭。累宣明旨，庶俾自新。略无悛悟之心，转恣陆梁之性。事不获已，至于用兵大江，特劫于长桥，锐旅寻围其逆垒。皇帝陛下尚垂恩宥，终欲保全，遣亲弟从镒归回降天书，委曲抚喻，务从庇护，无所阙焉。终怀蛇豕之心，不体乾坤之造。送蜡书则勾连递寇，肆凶徒则劫掠王民，劳我大军驻逾周岁。既人神之共怒，复飞走以无门。貔貅竟放其先登，蚍蚓自悲其相吊。臣等于十一月二十七日，齐驱战士，直取孤城，奸臣无漏于网中，李煜生擒于麾下。千里之氛霾顿息，万家之生聚寻安。其在城官吏、僧道、军人、百姓等，久在偏方，困于虐政，喜逢荡定，皆遂舒苏，望天朝而无不涕涕，乐皇化而惟皆鼓舞，有以见穹昊助顺，海岳知归。当圣明临御之朝，是文轨混同之日，卷甲而兵锋永戢，垂衣而帝祚无穷。

臣等俱乏将才，谬司戎律，遥禀一人之睿略，幸成九伐之微劳。其江南国主并伪署臣僚以下若干人，既就生擒，合将献捷。臣等无任歌时，乐圣庆快，欢呼之至。谨奉露布以闻。

曹彬声如洪钟，每当他读出一句，李煜的心中就震颤一下。尤其当他听见那句"惟彼江南，言修臣礼，外示恭俭之貌，内怀奸诈之谋"时，更是心痛如割。想到自己曾经对宋国毕恭毕敬，所有的礼数都不曾有差池，最后竟落得个"内怀奸诈之谋"的恶名，心中痛楚，唯有他自己最清楚。

李煜心中不甘，但当他听到"负君亲之鞠育，信左右之奸邪"时却深感惭愧自责。这句话倒是中肯，他听信奸邪之言，亲佞而远贤，毒杀林仁肇，逼死潘佑、李平，对于朝臣们的谏言总是置若罔闻，才终致祖宗基业毁于己手。

此时无论有多少悔恨，都无法挽回了。

此时赵匡胤身在明德楼上居高临下，得意扬扬地俯视着楼下的这群白衣人。他曾多少次午夜梦回看见这样的场景，现在终于如愿以偿。

按照规矩，"露布"是要通报四方的，但是赵匡胤想到李煜以前还算恭敬，特意下旨不要将这封露布公布出去，这样也算给李煜留一些面子，好让他能安心在汴梁过他的降王生活。

　　曹彬读完露布后，赵匡胤又命太监宣读了册封李煜的诏书：

　　　　上天之德，本于好生；为君之心，贵乎含垢。自乱离之云瘼，致跨据之相承，谕文告而弗宾，申吊伐而斯在。庆兹混一，加以宠绥。

　　　　江南伪主李煜，承奕世之遗基，据偏方而窃号。惟乃先父早荷朝恩，当尔袭位之初，示尝禀命。朕方示以宽大，每为含容。虽陈内附之言，罔效骏奔之礼，聚兵峻垒，包蓄日彰。朕欲全彼始终，去其疑间，虽颁召节，亦冀来朝，庶成玉帛之仪，岂顾干戈之役。寒然弗顾，潜蓄阴谋。劳锐旅以徂征，傅孤城而问罪。洎闻危迫，累示招携，何迷复之不悛，果覆亡之自撄。

　　　　昔者唐尧克宅，非无丹浦之师；夏禹泣辜，不赦防风之罪。稽诸古典，谅有明刑。朕以道在包荒，恩推恶杀。在昔骡车出蜀，青盖辞吴，彼皆闰位之降君，不预中朝之正朔，及颁爵命，方列公侯。尔实为外臣，戾我恩德，比禅与皓，又非其伦。特升拱极之班，赐以列侯之号，式优待遇，尽舍尤违。可光禄大夫、检校太傅、右千牛卫上将军，仍封违命侯。

　　"违命侯"这三个字如同一记闷雷炸响于耳畔。这个极具侮辱性的称谓令李煜非常难过，他万万想不到，自己这么多年来对宋国毕恭毕敬，只是因为不肯投降宋国，便被扣上了一顶"违命"的帽子。不过转念一想，自己的"违命"也是一种倔强、一种傲骨，就像故国宫前的那些腊梅花，总是在风雪中傲然绽放。

这样想着，李煜心中便好受了许多，欣然领旨谢恩。

册封完李煜，接下来便是李煜的家属和百官。赵匡胤待他们还算不错，分别参照其原有官爵各自赏赐了冠带、器币、鞍马等物，并封小周后为郑国夫人，授李煜的爱子李仲寓为左千牛卫大将军。

不过，当赵匡胤看到徐铉和张洎的名字时却没有那么和善了，他令这两人登楼，其余人先退下。

此时徐铉和张洎也是一身白衣，在有司的引导下来到赵匡胤面前。赵匡胤想到此前徐铉曾来汴梁请求退兵，厉声责问徐铉道："你为江南重臣，为何不早劝其归降，反而还为其辩解，要求朕从江南退兵？"

面对赵匡胤咄咄逼人的气势，徐铉并没有畏惧。他面色笃定，淡然回道："臣本为江南国重臣，自然要效忠国主，与故国共存亡，焉能劝主归降？江南国灭之日，臣本当死社稷，但念及国主远行无人护驾，只好苟活随行。今国主已蒙陛下授官封爵，臣再无牵挂，伏愿陛下容臣全节，无须多言。"

赵匡胤本以为徐铉会拼命为自己开脱，万没想到，他竟视死如归，虽是文臣，却是铁骨铮铮，不禁感动不已，便不加追究。接着，他又把目光投向了旁边的张洎，想到张洎此前曾制作蜡丸帛书，打算向契丹国求救，幸好被其使臣俘获，也收缴了其蜡丸帛书。赵匡胤厉声喝道："张洎，你可知罪？李煜昏聩无能，你身为重臣，为何不劝其早早归降，还制作蜡丸帛书，妄图向契丹求救？"

张洎本来战战兢兢的，但看到徐铉大义凛然，自然也不能示弱。他努力压抑着心中的惶恐，故作镇定地答道："臣事君当尽忠竭力，当初江南国危在旦夕，臣肩负重任，安能坐视不理？若陛下因此而杀臣，臣也算死得其所了。"

徐铉和张洎的回答，都令赵匡胤叹服不已，这样忠心为国的臣子，他又怎能杀害呢？随后，赵匡胤分别授二人为太子率更令和太子中允，并对他们青睐有加。

赵匡胤非常爱惜人才，李煜此前选任朝臣时，往往更看重其文学才能，而这些文学才能极佳的臣子中，有忠心耿耿的，也有狡诈奸猾的，李煜不能识人，但赵匡胤可以。他对这些臣子分别委派了不同的任务，让他们各尽其能。只是南唐之亡，是他们心中一辈子的隐痛，在以后的岁月中，他们常常会想起故国的春花秋月、小桥流水，他乡再好，也终究难抵故乡。

赵匡胤早就为李煜准备好的礼贤宅终于派上了用场。礼贤宅非常奢华，后苑还有各种亭台楼榭，全部是仿制江南的景致。虽然乍一看和江南很像，但在李煜看来，却没有江南的韵律。

从此，他只是一个屈辱的降王，南唐成了永远铭心镂骨的回忆。许多无处诉说的痛楚，都只能在笔尖上跳跃，化作一篇篇摧人心肝的诗词作品。

第九章

今夕何夕：梦里不知身是客

凤笙休向泪时吹

　　每当宫中有宴会，赵匡胤也总会邀请李煜参加，只不过，宴会上的他往往会成为赵匡胤奚落取笑的对象。有一次在酒宴上，赵匡胤忽然问他道："朕听说你在江南时，每逢宴饮都会赋诗填词，能否举出最得意的一联？"

　　李煜没有多想，便吟出了《咏扇》中的一联："揖让月在手，动摇风满怀。"

　　李煜原以为，用自己的才学还能稍稍挽回些面子，却不料，这只是赵匡胤的一个陷阱。听完这句诗后，赵匡胤哈哈大笑道："好一个'动摇风满怀'，只是不知这'风满怀'究竟有几多？"

　　李煜哑口无言。

　　像这样的情形还有很多，赵匡胤似乎很喜欢用贬低李煜的方式来找到存在感和优越感，似乎这样就能证明自己比李煜更强大。还有一次酒宴，他甚至当着众臣的面语带讥讽地说道："如果李煜当初能用写诗填词的功夫来治理国家，今天又怎会沦为朕的阶下囚呢？"

　　虽然听起来刺耳，但大家心中谁都明白，这是不可争辩的事实，李煜更是颜面扫地，恨不得从地上找个缝钻进去。这正应了李煜自己的那句诗：总是诗人误。在自己的礼贤宅，李煜也常常暗自垂泪。当初离开金陵的场景，无数次在他的梦里出现。在礼贤宅，虽然依旧是锦衣玉食、歌舞升平，但亡国之痛，始终萦绕在他心头，从未淡去。他曾将所有的痛楚倾注于那首著名的《破阵子》中：

破阵子

四十年来家国，三千里地山河。凤阁龙楼连霄汉，玉树琼枝作烟萝，几曾识干戈？

一旦归为臣虏，沈腰潘鬓消磨。最是仓皇辞庙日，教坊犹奏别离歌，垂泪对宫娥。

四十年来，繁华鼎盛的南唐几曾受过战争的侵扰？虽然已经亡国，但身为国君，李煜依然为曾经的南唐而自豪。然而过往越是美好，失去时便越是痛心。如今归为臣虏，四十岁的他竟已鬓生白发，身体也日渐消瘦。"沈腰"引用南朝沈约的典故，传说沈约老病，百余日内腰带数次移孔，后人便以"沈腰"表示消瘦之意；"潘鬓"引用潘岳的典故，潘岳不到四十岁便已经鬓角斑白，后人常用"潘鬓"表示虽未年老却已鬓发斑白。这两个典故连用，既体现了李煜对文字的高超驾驭能力，更道出了李煜心中绵亘不息的痛楚与辛酸。

除了这首《破阵子》，李煜还有两阕《望江南》更令人读之心碎。其中一阕为《望江南·多少恨》：

望江南·多少恨

多少恨，昨夜梦魂中。还似旧时游上苑，车如流水
马如龙。花月正春风。

礼贤宅犹如一座豪华的坟墓，囚禁了李煜此后所有的岁月。对故国的思念，唯有以梦相慰。闭上眼睛，他依稀看到"车如流水马如龙"的金陵街市，彼时花好月圆，春风和煦。然而醒来时，却只剩下无限的怅惘与遗憾。

另一阕为《望江南·多少泪》，更将李煜心中痛楚刻画得淋漓尽致：

望江南·多少泪

多少泪，断脸复横颐。心事莫将和泪说，凤笙休向
泪时吹。肠断更无疑。

虽然只是寥寥二十余字，却读来令人心碎。诗人起笔写泪，一语道出了以泪洗面的降王生活，偏偏在这时候，他又听见熟悉的凤笙曲。当他还是南唐国主时，他以为这曲子宛若天籁，但在此时听见，却像是雪上之霜，令人心碎肠断。

不知多少次午夜梦回，他又看到熟悉的南唐。然而醒来时，他依然是亡国之君，是赵匡胤加封的"违命侯"。他只能昼夜饮酒，用酒精来麻醉心中的痛。恰恰是在这样的境况下，一篇篇绝妙诗词应运而生。或许，只有在文字的世界里他才是真正的帝王，这顶词帝王冠，没有人可以剥夺。

梦　魇

如果仅仅是失去自由，或者偶尔被赵匡胤揶揄一下，李煜的生活或许还好过一些，偏偏命运弄人，更令他心碎的还在后面。如果赵匡胤一直在位，李煜的人生或许也不至于那么凄惨，令人遗憾的是，正当壮年的赵匡胤，竟忽然撒手人寰。

在浩瀚的历史中，皇权之争比比皆是。有人为了皇权父子反目，更有人为了皇权兄弟阋墙，甚至互相残杀。赵匡胤之死至今仍是个谜团，但是从他死亡后最大的受益者身上，我们似乎能找到一些蛛丝马迹。

传说赵匡胤早年曾与一位道士交好，两人常常在一起饮酒畅谈。有一次，道士喝得酩酊大醉，信口唱道："金猴虎头四，真龙得其位。"赵匡胤追问他何意，道士搪塞道："醉梦中语，不足信也。"后来赵匡胤发动陈桥兵变黄袍加身，当时正好是庚申年（金猴）正月（虎头）初四，赵匡胤猛然想起那位道士曾经说过的话，才知竟是预言。赵匡胤赶紧派人去找那道士，道士却已经了无踪迹。

十六年后，赵匡胤在巡行洛阳时竟再次遇到那位道士。

赵匡胤喜出望外，将他接到行宫，设酒宴热情款待了他。酒席间，赵匡胤请道士为自己卜一卦，看看自己的寿命能到几时。

道士沉吟半晌，道："关键在于今年十月二十日夜。届时若天气晴朗，陛下寿命可延一纪（十二年）；如若不然，则请陛下火速安排后事。"

赵匡胤闻言心中惊骇。开宝九年（976）十月二十日夜，他登上太清阁观察天象，但见满天星斗，不禁大喜。然而顷刻之间，竟天象骤变，阴云四起，甚至下起了冰雹。赵匡胤心中大骇，赶紧下阁，宣开封府尹、晋王赵光义入宫密谋皇权继承大事（另有记载为召太祖第四子赵德芳进宫商议后事，被晋王知晓后未召进宫，而晋王自行入宫）。

那一夜兄弟两人谈了些什么呢？我们无从得知，正史不见记载。不过，远处的侍卫在窗纸上看到了他们的影子，虽然听不见谈话的内容，但从两人的动作上看，他们谈得并不愉快。

据说当时赵匡胤离席做逃避状，并有斧头戳地之声，并大声呼喊"好为之"（另有记载为"好做，好做"）。这便是历史上有名的"烛影斧声"的典故，人们大多认为赵匡胤之死与赵光义脱不了干系。赵光义的窃权之举，与赵匡胤当年策划的"黄袍加身"一事有着异曲同工之妙。天道好轮回，赵匡胤一定想不到自己竟会落得这样的结局。而即位的赵光义施加给李煜的伤害，竟会在多年后在他的子孙身上完全上演，宋国最后的遭遇，竟也会与南唐如此相像。

那一夜谈话结束后，赵光义并没有回府，而是留宿宫中。

他似乎知道接下来会发生的一切，五更时分，宫中传出了赵匡胤驾崩的消息，赵光义则火速出面，并拿出了一份所谓的"遗诏"，摇身一变成为了北宋的第二任皇帝，是为宋太宗。

李煜对赵匡胤并没有什么好感，宋国皇位的更迭，本来也与他无关。但是他尚不知，这才是他真正噩梦的开始。

赵光义先是假惺惺地废除了李煜的"违命侯"爵位，改封他为"陇西郡公"。表面上看，这似乎是提高了李煜的身份地位，但实际上却恰好相反。他揶揄李煜的能力绝不比哥哥逊色，可以说是有过之而无不及。

李煜在金陵城破时曾将自己珍藏多年的墨宝付之一炬，但被曹彬抢救下来很多，后来也一并运到了北宋的皇宫。赵光义和哥哥赵匡胤一样，都是爱惜文墨之人。他收藏了大量书籍，即位后又特意修建了崇文院，专门用来收藏书籍。

崇文院落成之日，赵光义特意邀请李煜一起前去观看。在那座雄伟的大殿里，李煜看到了很多他曾经珍藏的书籍，书页上依然保留着他多年前留下的藏书印与眉批手迹。

最痛心的不是不曾拥有，而是拥有后的生生分离。李煜看着那些书籍百感交集，曾几何时，自己还是这些书籍的主人，而现在，自己竟和这些心爱的书籍一起成了阶下囚。不要说书籍，就连他自己，都已经不再属于自己。

不过，这还不是最令他心碎的。赵光义一直觊觎着美丽的小周后，只是之前有哥哥赵匡胤在，他没敢过于放肆。现在自己成为至尊君王，对小周后美色的垂涎，他再不必掩饰。

按照规制，每逢重要节日，命妇都要入宫庆贺。太平兴国三年的元宵节，小周后照例与各命妇一道入宫庆贺，然而这一次，她却遭遇了此生最大的羞辱。

当其他命妇都各自归家时，小周后却被赵光义软禁在了宫中，当夜便遭到了赵光义的凌辱。一连多天，赵光义都要求她陪酒侍寝，小周后几乎痛不欲生。

有野史载，赵光义强幸小周后时，还专门找了画师来在旁观看，并将过程画了下来，这便是历史上著名的春宫图《熙陵幸小周后图》。"熙陵"即赵光义，因为他死后被葬于河南巩县（今河南省巩义市）的永熙陵，故称"熙陵"。明代沈德符在《万历野获编》中有这样的记载："偶于友人处，见宋人画熙陵幸小周后图，太宗头戴幞头，面黔色而体肥，器具甚伟；周后肢体纤弱，数宫人抱持之，周作蹙额不能胜之状。盖后为周宗幼女，即野史所云：每从诸夫人入禁中，辄留数日不出，其出时必詈辱后主，后主宛转避之。即其事也。"

明代姚士粦在《见只编》中也有记载："余尝见吾盐名手张纪临元人《宋太宗强幸小周后》粉本，后戴花冠，两足穿红袜，袜仅至半胫耳。裸身凭五侍女，两人承腋，两人承股，一人拥背后，身在空际。太宗以身当后。后闭目转头，以手拒太宗颊。"

暂且抛开女子贞洁不论，单说赵光义的相貌就已经足够小周后痛苦的。赵光义肤色黝黑，身体肥胖，其相貌与儒雅俊逸的李煜形成了极大的反差。可怜小周后身在矮檐下，若是不从又担心会连累李煜，在身心俱创的情况下依然要强颜欢笑，而身在礼贤宅的李煜对这些还一无所知。他隐约中有一种不祥的预感，小周后入宫后迟迟不见回来，虽然心急如焚，但也只能昼夜等待。

元人冯海粟为此题诗道：

江南剩得李花开，也被君王强折来。
怪底金风冲地起，御园红紫满龙堆。

赵光义终于如愿以偿，将小周后软禁了半个多月才将她放回礼贤宅。回到府邸后，积郁多日的愤怒与痛苦顷刻间倾泻而出。她痛哭着大骂李煜，声音传出了很远。人们从未见过小周后如此失态，心中都非常惊异，但仔细一想，便也都明白了其中难以启齿的秘密。

对于李煜来说，他所承受的痛苦丝毫不比小周后少。对于他来说，小周后是他的精神支柱，多年来，他们相爱相携，无论甘苦，都一起面对，但是这一次，他却无法用自己的力量护她周全。对于一个男人来说，这或许是最痛苦也最残忍的事。

然而这仅仅是一个开始。从那天起，赵光义经常隔三岔五地把小周后召进宫中，小周后每次去都会被软禁在宫中很多天。李煜只能以泪洗面，一面用酒精麻醉自己，一面用文字来宣泄心中的痛苦。

转烛飘蓬一梦归

在汴梁的日子里，每一个季节，都满载着不同的愁苦。

初春本是万物复苏的美好时节，但在李煜看来，依然满是惆怅与悲苦。后苑的荷花池开始解冻了，春水潺潺，却让他更加苦恼心伤。他的头发又白了很多，一切都在老去，似乎只有天上的新月仍似当年。他提起笔，将自己的心情填成了一曲《虞美人》：

虞美人

风回小院庭芜绿，柳眼春相续。凭阑半日独无言，依旧竹声新月似当年。

笙歌未散樽罍在，池面冰初解。烛明香暗画堂深，满鬓清霜残雪思难任。

初春便如此恓惶，暮春更是如此。某一天五更梦醒，李煜听着窗外淅淅沥沥的雨声，填了一首《浪淘沙令》：

浪淘沙令

帘外雨潺潺，春意阑珊。罗衾不耐五更寒。梦里不知身是客，一晌贪欢。

独自莫凭栏，无限江山，别时容易见时难。流水落花春去也，天上人间。

他不知多少次从梦幻里跌落现实的深渊。心爱的小周后不在身边，那种无处诉说的痛如同无孔不入的黑夜，淹没了他的全部世界。别时容易见时难，此刻的金陵，应正是夏初时节，天气应该已经很暖了，不会像汴梁这般寒凉。他只能慨叹"春去也"，除了这一声苍白的叹息，他不知道还能做些什么。

清晨，他推窗远望，一夜风雨将树上正如火如荼绽放的花摧残殆尽，满眼皆是落红。这样的场景，再度触发了他心底的感伤。他回转身，填了一首《乌夜啼》：

乌夜啼

林花谢了春红，太匆匆。无奈朝来寒雨晚来风。胭脂泪，留人醉，几时重？自是人生长恨水长东！

多少泪，都化作了悲怆的诗句。最凄凉的莫过于万物凋零的秋天，北雁南归，他恨不得胁下生双翼，追随那雁一起飞回故乡。某一个秋夜，他一个人登上小楼，天上新月如钩，楼下高大的梧桐寂寞无声。心中的愁绪乱如丝麻，他思前想后，写下了著名的《相见欢》：

相见欢

无言独上西楼，月如钩。寂寞梧桐深院，锁清秋。

剪不断，理还乱，是离愁。别是一般滋味在心头。

　　一个"锁"字，道出了他心中无限的凄凉，被锁在这深院中的，又何止那清秋与梧桐呢？他身处的这座礼贤宅一直戒备森严，若没有赵光义的手谕，他甚至不得私自会客，每一天，他只能蜗居在小楼中，与世隔绝，插翅难飞。南唐旧臣校书郎郑文宝在南唐覆灭之初隐姓埋名，一直不愿仕宋。他好几次想去见李煜，都没能如愿，只好远远地驻足在礼贤宅外面长久凝望，借以慰藉心中无限的痛苦与思念。后来，他化装成身披蓑衣、头戴斗笠的卖鱼郎，才终于见到了李煜。

　　无论是草长莺飞，还是落红铺地，抑或是花木凋零、大雪纷飞，每一种景象，都会触及李煜心中绵亘的痛。他在回忆中摸索着，努力寻找当初的美好，恨不得用文字刻录每一个美好的瞬间。他填了一首《望江梅》，来想象梦中的南唐：

望江梅

闲梦远，南国正芳春。船上管弦江面绿，满城飞絮滚轻尘。忙煞看花人。

闲梦远，南国正清秋。千里江山寒色远，芦花深处泊孤舟。笛在月明楼。

　　然而那又怎样呢？现实的凄风苦雨依然从四面八方袭来。

他本不想成为君王，却阴错阳差地坐上了这个万众瞩目的位置。他感叹天意弄人，就着一点烛光，填了一首《浣溪沙》：

浣溪沙

转烛飘蓬一梦归，欲寻陈迹怅人非。天教心愿与身违。

待月池台空逝水，荫花楼阁漫斜晖，登临不惜更沾衣。

这位千古词帝，将自己最后的生命悉数付与诗词。唯有文墨才是他永远的知己，赵氏兄弟可以夺走他的江山，甚至心爱之人，但这份才华，却是任何人都无法夺走的。他用自己的鲜血染红了那些传唱千年的诗句，即便千年已逝，翻开书卷时，那份温热的情怀依然触手可及。

第十章

诗传千古：人生长恨水长东

醉乡葬地有高原

一年三百六十日，风刀霜剑严相逼。李煜的降王生活看起来衣食无忧，但个中滋味，只有他自己最清楚。泪水滴滴落下，眼前的酒杯逐渐模糊。他不知道，自己的人生还有什么意义。

李煜不分昼夜地借酒消愁。有一次，李煜乘醉在窗纸上信笔写下了十四个大字：

　　万古到头归一死，醉乡葬地有高原。

只有醉到酩酊，他才是真正的自己——那个可以儒雅、可以洒脱、也可以豪迈的诗人。

赵匡胤在世时，见李煜终日酗酒，怕他伤身而终止了对他供酒。这让靠酒来度日的李煜痛苦至极，赵光义即位后，他上疏求酒，赵光义欣然同意。从此，李煜又开始用酒精麻醉自己，直至生命的终结。

在物质条件上，赵光义可以满足李煜的一切要求。李煜归降宋国时曾随船带了很多金银钱财，但是由于他不知节制的花费，那些钱财已经耗费殆尽，甚至经济拮据，入不敷出。或许直到此时，李煜才意识到以前捐给寺院的那些钱是多大的手笔。无奈之下，李煜再次上疏赵光义，请求增加供奉。这个请求，赵光义也同意了，特批每月增俸三百万钱。

李煜深知自己的性情，唯恐酒后乱事，尤其怕草拟奏疏失于推敲，惹怒皇帝，因此又奏请赵光义为他配备两名聪慧机敏的官员，为此，他还专门拟写了《不敢再乞潘慎修掌记室手表》：

> 昨因先皇临御，问臣颇有旧人相伴否？臣即乞徐元。元方在幼年，于笺表素不谙习。后来因出外，问得刘曾乞得广南旧人洪侃。今来，已蒙遣到徐元，其潘慎修更不敢乞。所有表章，臣且勉励躬亲。臣亡国残骸，死亡无日。岂敢别生侥觊，干挠天聪。只虑奏章之间，有失恭慎。伏望睿慈，察臣素心。

这个请求也得到了赵光义的应允，他令潘慎修以右赞善大夫的头衔前往李煜处同光禄寺丞徐元共掌记室，主持笔札事宜。

从此，李煜愈加无所顾虑地纵情饮酒。礼贤宅中的景致皆是精心设计，置身其中，仿佛又回到了水乡江南。每每回想起故国，李煜总会深感人生如梦。某一个夜里，他醉意朦胧地醒来，长夜漫漫，岑寂无声，他提起笔，写下了一首《子夜歌》：

子夜歌

人生愁恨何能免？销魂独我情何限！故国梦重归，

觉来双泪垂。

　　高楼谁与上？长记秋晴望。往事已成空，还如一
梦中。

想来那秦淮河畔，应像往日一样繁华，只是物是人非，
唯有那天上的明月仍似当年，无悲无喜地照耀着秦淮河水，
朝朝暮暮，岁岁年年。感伤之中，他又填了一首《浪淘沙》：

浪淘沙

　　往事只堪哀！对景难排。秋风庭院藓侵阶。一任珠
帘闲不卷，终日谁来？

　　金锁已沉埋，壮气蒿莱。晚凉天净月华开。想得玉
楼瑶殿影，空照秦淮。

　　李煜每写完一首词，都会让歌伎排练演唱。他的那些亡
国诗词随着的歌声渐渐传遍了大江南北，江南的一些文人学
士深感凄凉，争相传抄这些词作。赵光义得知后心中愤然，
他自觉对李煜已经仁至义尽，但凡他想要的都满足了他，可
他竟然不知收敛，整天慨叹什么"故国"，这分明是在挑战自
己的权威！他忽然觉得，这个李煜表面上百依百顺，内心里
似乎并未顺从。思前想后，他决定找个人前去打探虚实，而
这个人，便是南唐旧臣徐铉。
　　当时，徐铉正奉命撰写南唐国史《江南录》。他很想去探
望李煜，但是没有赵光义的旨意，他又怎敢前去呢？赵光义
深知徐铉的心思，便直接告诉他可以前去探望。徐铉对此非

常高兴，只以为是赵光义胸怀宽广，离宫后马上来到了李煜的礼贤宅。

昔日的南唐君臣，今时的降王与宋臣，两人相见，都感慨万千。李煜没想到竟还能见到徐铉，不禁潸然泪下。两人彼此凝视许久，李煜才长叹道："悔不该当初错杀潘佑、李平！"

然而时过境迁的悔恨，除了徒增烦恼之外，是没有任何意义的。当初逼死潘佑、李平，徐铉也曾推波助澜，如今回想起来，两人都深感自责。然而此时此地，他们的言谈举止皆有人暗中观看，李煜一时忘情流露出悔恨之意，随即便意识到自己的失态。两人不敢多说，很多话都是欲言又止。而这一次会面，便成了他们君臣的永诀。

徐铉离开礼贤宅后，马上便被赵光义传旨盘问。徐铉不敢隐瞒，只好将谈话内容和盘托出。赵光义得知李煜竟还在悔杀忠臣、思念故国，心中的恨意又添了几分，也渐渐萌生了杀掉李煜的念头。

而李煜尚不知即将大难临头，依然自顾自地饮酒、写诗，在诗酒中倾吐心中郁结的悲伤。

牵机毒

北宋太平兴国三年（978）七月初七，又到了一年一度的乞巧节。这一天也是李煜的生辰，每年的这一天，李煜的后妃们都会为李煜举办一场欢喜的生日宴，同时也为自己乞巧。这一年的七夕，当然也不例外。

礼贤宅里张灯结彩，大家一起置办了酒食瓜果以及拜月乞巧的金针彩线。大家本想着借着这样的日子来放松一下，但是身负亡国之恨的人们，有谁能笑得出来呢？虽然有水袖翩飞，虽然有管弦丝竹，但那舞姿与曲调里总是潜藏了太多的眼泪。每个人都在强颜欢笑，亡国三年，他们本以为已经适应了这种生活，但当大家聚在一起，还是会想起江南的美好，还是会忍不住潸然泪下。

大家不知不觉地便谈起了故国。天上的明月，应该依然照着江南的雕栏玉砌，只是那些没能同来的姐妹们，应该已经老去了吧？毕竟"相思催人老"，四十二岁的李煜竟已经两鬓斑白。

本是欢喜的日子，但气氛却异常压抑。李煜听着大家谈论故国，心中愈发难过，自顾自地借酒消愁。少顷，他唤人拿来笔墨，须臾间一首《虞美人》落笔书成：

虞美人

　　春花秋月何时了？往事知多少。小楼昨夜又东风，
故国不堪回首月明中。

　　雕栏玉砌应犹在，只是朱颜改。问君能有几多愁？
恰似一江春水向东流。

　　写完后，他当即让宫娥演唱。大家听着宫娥的歌声，仿佛又看见了故国的舞榭歌台、雕栏玉砌，想起那些年的美好，都不禁潸然泪下。

　　这首词是李煜的巅峰之作，然后巅峰之后，便是万丈深渊。

　　礼贤宅日夜有人监视，这首《虞美人》刚刚唱了几次，赵光义便已经知道了礼贤宅中的情景。又看到"故国"这个词，甚至还有"问君能有几多愁？恰似一江春水向东流"的句子，赵光义勃然大怒。他的忍耐已经到了极限，是时候让这个降王永远消失了，如果再任由他胡说下去，只怕会扰乱人心，引发祸乱。

　　据说赵光义即位后接连杀害自己的族人，唯恐他们会对自己的皇权构成威胁。这样一个对至亲骨肉都毫不留情的人，又怎会对一个降王心慈手软呢？他满足李煜的物质要求，只是希望他能像后主刘禅一样乐不思蜀，做一个只知享乐的人。这样，即便终日美酒佳肴供着他也是情愿。奈何李煜终日写诗填词，那样文采飞扬的句子，让他嫉妒，更让他恐慌。

　　赵光义连夜传弟弟赵廷美入宫，命他去送一壶美酒给李

煜，算是对他生日的一份心意。

李煜降宋时初到汴口，便曾与赵廷美相谈甚欢。在汴梁的这三年，两人也经常在一起吟诗作对，彼此颇有几分知音之情。这份友情可谓难能可贵，他们抛开了彼此的身份坦诚相交，没有怨恨，也没有轻视。在李煜看来，赵光义虽然也喜欢诗词歌赋，但那只是附庸风雅、装腔作势罢了，而赵廷美却不同于其兄长，是个颇有品位的人。

赵廷美怎知哥哥想要置李煜于死地呢？还以为他真的是想为李煜庆生，当即欣然领旨，并带着那壶"美酒"来到了李煜的礼贤宅。

到了礼贤宅外，宅内的歌乐声便隐约传出。那是一个宫娥的声音，悲凉而哀婉。赵廷美驻足细听，隐约听见了"小楼昨夜又东风，故国不堪回首月明中"的句子，不禁怅然。

李煜对赵廷美的到来有些意外，也有些惊喜。赵廷美说明来意后，李煜颇有些感动，竟天真地以为赵光义真的如此胸怀宽广，还专程派人来送酒给他。而送酒之人是他的好友，他更是深信不疑。

这对密友怎能知道，那"美酒"中早已被下了牵机毒。据说这种毒能令人死后如牵机状头足相就，永远保持着屈服的姿态。赵光义恨极了李煜假装屈服却又高歌故国的样子，他要让李煜知道表里不一的恶果，让他永远臣服于自己。

赵廷美离开后，那壶御赐的美酒摆在了桌案上。李煜凝视良久，宫娥们依然在唱歌、跳舞、弹曲，而他却隐约有一种不祥的预感。夜凉如水，李煜不知该何去何从。前方有万千迷障，他不知道自己的路在哪里，或许这一夜，便是归途。

重瞳词帝，归于乞巧

没有人能长长久久地活着，但每个人必然长长久久地死去。或许，死亡也是一种永生，既然"万古到头归一死"，又何必畏惧黄泉路近呢？

北宋太平兴国三年（978）的七夕之夜，李煜听着歌伎含泪高唱"春花秋月何时了"，一仰头饮下了那杯牵机毒酒。顷刻间，他汗流如注，鲜血从口鼻汩汩流出，身体扭曲得极为可怖，最后头足相就，永远地闭上了眼睛。

他的生命永远地定格在了四十二岁。从此，七夕不仅仅是他的生辰，更成了他的忌日。从此魂随风散，人间再无词帝，唯有那些动人的诗篇传唱千古。当他闭上眼睛的那一刻，不知是否会想起曾经被他毒杀的林仁肇？若是泉下相见，他们又该怎样彼此倾吐心中的痛苦？

第二天消息传到宫中，赵光义虚情假意地哀伤了一番，还为其辍朝三日以示哀悼，并追赠李煜太师头衔，追封他为吴王。

一代君王，就这样凄凉地客死他乡。赵光义下令在北邙山为他修建陵墓。四十二年前，当那个重瞳婴孩降于乞巧时，有谁会想到他受人瞩目的命运竟是这样凄凉的结局？

李煜下葬北邙山后，赵光义又命徐铉为李煜作墓志铭。徐铉进退两难，他知道李煜死于非命，很想将这一切如实记述，但又怕因此惹恼了赵光义，因此特意向赵光义请奏：若是他如实记述，希望能得到宽宥。赵光义自知有愧，也想借此来表示自己的宽大胸怀，竟同意了徐铉的请求，而那篇中肯而悲怆的墓志铭也得以传世：

大宋右千牛卫上将军追封吴王陇西公墓志铭并序

盛德百世，善继者所以主其祀；圣人无外，善守者不能固其存。盖运历之所推，亦古今之一贯。其有享蕃锡之宠，保克终之美，殊恩饰壤，懿范流光，传之金石，斯不诬矣。

王讳煜，字重光，陇西人也。昔庭坚赞九德，伯阳恢至道，皇天眷祐，锡祚于唐。祖文宗武，世有显德。载祀三百，龟玉沦骨。宗子维城，蕃衍万国。江淮之地，独奉长安。故我显祖，用膺推戴。耀前烈，载光旧吴。二世承基，克广其业。皇宋将启，玄贶冥符。有周开先，太祖历试，威德所及，寰宇将同。故我旧邦，祗畏天命，贬大号以禀朔，献池图而请吏。故得义动元后，风行域中，恩礼有加，绥怀不世。鲁用天王之礼，自越裳钧，存纪侯之国，曾何足贵。王以世嫡嗣服，以古道驭民。钦若彝伦，率循先志。奉蒸尝，恭色养，必以孝；宾大臣，事耆老，必以礼。居处服御必以节，言动施舍必以仁。至于荷全济之恩，谨蕃国之度，勤修九

贡，府无虚月；祗奉百役，知无不为。十五年间，天
眷弥渥。然而果于自信，怠于周防，西邻起衅，南箕构
祸。投杼致慈亲之惑，乞火无里妪之辞。始营因垒之
师，终后涂山之会。大祖至仁之举，大赉为怀；录勤王
之前效，恢焚谤之广度。位以上将，爵为通侯，待遇如
初，宠锡斯厚。今上宣猷大麓，敷惠万方，每侍论思，
常存开释。及飞天在运，丽泽推恩，擢进上公之封，仍
加掌武之秩。侍从亲礼，勉谕优容。方将度越等彝，登
崇名数。

　　……

　　没有了李煜，赵光义也没有了顾忌。他甚至以为李煜死
后，小周后会完全服从自己，却不知这个小女子也有属于她
自己的骄傲与刚烈。李煜在世时，她不得不对赵匡胤虚与委
蛇，唯恐自己服侍不周会祸及李煜，如今李煜已经不在，她
也没有了任何牵挂。对她来说，李煜便是她的国，便是她的
全部，没有他，她便没有了活下去的意义。

　　在李煜被鸩杀后不久，小周后也含恨离世。关于小周后
之死有两种说法：一为殉情自杀，一为忧伤致亡。

　　小周后临终前留下遗言，誓与李煜同葬北邙，实践当年
与李煜"同生共死"的诺言。小周后死后，徐铉等人竭尽全
力满足了她的心愿，让她与李煜真正做了一对生死鸳鸯。

　　那一年，小周后二十九岁，竟死在了与她的姐姐周娥皇
同样的年岁。这仿佛是一种宿命，她与姐姐娥皇来到这烟火
人间，触发了李煜文学上无尽的灵感，使他写出了一篇又一
篇佳作。若有来生，唯愿李煜不要再生在帝王家。

后人为李煜的传奇人生唏嘘不已，有人抨击其昏聩，也有人同情其遭遇。他与小周后的唯美爱情，也成了后世人吟诗作画的绝好素材，如许蒿庐的《赋周兼画南唐周后提鞋图》：

弱骨丰肌别样姿，双鬟初绾发齐眉。

画堂南畔惊相见，正是盈盈十五时。

人生浩渺，多少时光犹如沧海烟波。那些年的浮浮沉沉，终究是付与说书人，任凭花开花落，月缺月圆。千匹红线，缚不住这一生的爱恨恩怨，唯有潋滟生辉的秦淮河水穿越了千年时光，从岁月里潺湲而来，又将向岁月里潺湲而去。

后　记

　　那些年的笙歌醉梦、舞榭歌台，终究成了最后的梧桐深院、春水东流。天教心愿与身违的宿命，覆灭了南唐的江山，却成全了他一代词帝的美名。多少年过去，曾经的南唐、北宋早已成为历史，但那些椎心泣血的诗词佳作，却传唱至今。

　　他善良，却又善良得懦弱。从他第一次满怀谦卑地对赵匡胤自称为"臣"的时候，便已经注定了这一生的结局。他本无意于帝位，偏偏命运弄人，将他推上了那个至尊之位。与历史上许多昏聩无能却没有亡国的君王相比，其实李煜并没有坏到哪去，只是天下分久必合的大势，决定了南唐终将覆亡的命运。

　　他从未忘记故国，梦里梦外，总是浮现南唐的三千里地山河。他虽然身在汴梁，心却始终不曾离开金陵。北国虽然也有无限风光，却终究抵不上故乡的一草一木、一花一叶。

　　国家不幸诗家幸，赋到沧桑句便工。他将自己对故国的怀恋化作灼灼诗句，一字一句，皆是深入骨髓的沉痛。他长眠于邙山脚下，这一生的传奇皆留给后人评说，是非功过，都不再重要。

秦淮河的水浩渺如昨，沿岸灯火辉煌，仿佛还在传唱着一代词帝的悲情人生。